PARA DANIELA,

que aguardou mais de dez anos para divulgar a sua história. Que ela possa servir de exemplo aos que sofrem, a fim de que se compreendam e parem de se culpar e sofrer.

"A leitura é a maior oportunidade de escrever a própria vida com sabedoria, discernimento e amor."

MÔNICA DE CASTRO

NASCIDA
NO RIO DE JANEIRO,

Mônica de Castro é apaixonada por literatura desde criança. Mas foi com o nascimento de seu filho que se sentiu inspirada a escrever seu primeiro romance, incentivada por Leonel, mentor espiritual que a acompanha há décadas.

Ligados há muitas vidas, os dois desenvolvem obras repletas de personagens marcantes e ensinamentos sobre a espiritualidade. Por meio de casos reais, tirados dos relatos dos espíritos com quem mantém contato, Leonel transmite mensagens com o objetivo de que as pessoas aprendam a lidar com suas culpas e frustrações e possam encontrar a felicidade.

Atualmente, com vinte livros publicados e mais de um milhão e meio de exemplares vendidos, a renomada escritora espiritualista tem se dedicado a levar ao público romances esclarecedores, voltados ao bem-estar e que estimulam os leitores a usar a autorreflexão na modificação de valores internos, para a superação dos sofrimentos e descoberta de uma vida mais iluminada e feliz.

Editor de conteúdo: Marcelo Cezar
Coordenador de comunicação e capa: Marcio Lipari
Coordenadora de criação: Priscila Noberto
Coordenadora editorial: Tânia Lins
Assistente editorial: Mayara Silvestre Richard
Projeto gráfico: Alexandre Santiago e Regiane Stella Guzzon
Diagramadora: Letícia Nascimento
Preparadora: Maria Glória Nolla Pires
Supervisora de revisão: Cristina Peres

1ª edição — 1ª impressão
20.000 exemplares — maio 2014
Tiragem total: 20.000 exemplares

Dados Internacionais de Catalogação na Publicação (CIP)
(Câmara Brasileira do Livro, SP, Brasil)

Leonel (Espírito).
Desejo – Até onde ele pode te levar? / pelos espíritos Daniela e Leonel;
[psicografado por] Mônica de Castro.
— São Paulo: Centro de Estudos Vida & Consciência Editora, 2014.

ISBN 978-85-7722-278-0

1. Espiritismo 2. Psicografia 3. Romance espírita
I. Daniela. II. Castro, Mônica de. III. Título.

14-02076 CDD-133.9

Índices para catálogo sistemático:
1. Romance espírita : Espiritismo 133.9

Este livro adota as regras do novo acordo ortográfico (2009).

Editora Vida & Consciência
Rua Agostinho Gomes, 2.312 – São Paulo – SP – Brasil
CEP 04206-001
editora@vidaeconsciencia.com.br
www.vidaeconsciencia.com.br

MÔNICA
DE CASTRO
pelos espíritos Daniela e Leonel
DESEJO
Até onde ele pode te levar?

EM DOIS MIL E UM,

quando este livro foi escrito, tive certo receio de sua repercussão junto ao público. Não foi por outro motivo que, por treze anos, ficou aguardando o momento certo de ser editado, até que as pessoas, então mais amadurecidas, estivessem em condições de conhecer sem julgar. O momento é agora.

A obra aborda o incesto em sua expressão mais crua, sem rodeios, sem meias palavras, sem subterfúgios. É a história real da vida de Daniela. Se, por um lado, Leonel me deixa livre para inserir na trama os elementos de dinamismo e emoção necessários à composição de um bom romance, por outro, Daniela não tinha o mesmo interesse. O que ela queria, tão somente, era contar o que lhe aconteceu em vida, na esperança de ajudar outros que vivenciam ou vivenciaram o mesmo drama. É quase um relato, um desabafo, uma confissão. Em alguns momentos, a narrativa se altera, para introduzir a participação de Leonel, a quem coube transmitir os ensinamentos morais de amor e respeito. Para ele, foi mais uma oportunidade de fazer o que mais gosta: quebrar preconceitos.

Tudo começou numa tarde. Estava eu em casa e, aonde ia, lá ia o espírito atrás de mim. Eu só havia escrito dois livros e começava a me habituar à energia do Leonel. Mas aquela, com certeza, não era a energia dele. Como, em outras oportunidades, vários espíritos me assediaram, querendo contar suas histórias, na minha cabeça Daniela era apenas mais um deles.

Com certeza era, só que com a devida permissão da espiritualidade maior. No começo, quis afastar de meus pensamentos os pensamentos que sabia não serem meus. Mas ela ficava atrás de mim: "É a Daniela, é a Daniela...". Até no chuveiro ela me seguia. Sentindo seu desespero, acabei cedendo e me dispus a escrever, surpreendendo-me a cada linha, a cada capítulo. Foi difícil para nós duas, pois precisei ultrapassar alguns conceitos religiosos predefinidos sobre a questão. Mas conseguimos. Hoje posso afirmar, com certeza, que valeu a pena, tanto por ela quanto por mim e, mais ainda, pelos milhares de leitores, que, de uma maneira ou de outra, experienciam ou experienciaram igual situação.

Daniela é uma vencedora. Não teve medo de viver nem de morrer, muito menos de reconhecer e assumir todos os seus atos. Seu valor só faz crescer na proporção de seu desprendimento, na simplicidade de trazer a público sua própria história, impactante, chocante, verdadeira.

A todos os que lerem este livro, peço apenas compreensão, respeito e um pouco de amor. Não se deixem seduzir pelo preconceito. Não julguem. Por Daniela e por aqueles que dividiram com ela os momentos de angústia aqui relatados. Por todos nós, que não podemos afirmar, com segurança, nunca termos vivido, em qualquer outra vida, experiência semelhante. Pelo amor que nos une e nos faz ver, cada vez mais, que somos todos um só.

MÔNICA DE CASTRO

PARTE UM

MUNDO CORPÓREO

CAPÍTULO UM

Gostaria de poder dizer que estava triste com tudo aquilo. Mas a verdade é que não estava. Meu pai foi um homem cruel e frio, e sua partida desta vida, com certeza, não deixaria saudades no coração de ninguém. Muito menos no meu.

A meu lado, meu irmão chorava com olhos secos. A dor transparecia em seu semblante como se fosse verdadeira. E era. A dor era verdadeira, mas o motivo era bem outro, e só eu o sabia. Passei a minha vida inteira a seu lado e o conhecia como ninguém, a ele e a meu pai. Durante muitos anos, vivêramos em paz, mas logo após a morte de minha mãe meu pai se transformou num estorvo em nossas vidas, e nós o teríamos matado, não fosse a imensa covardia que nos dominava.

Eu estava distante, suando sob o calor daquele sol tórrido, e nem percebi que os agentes funerários já haviam terminado de baixar o corpo à sepultura. Minhas tias, fingindo sofrimento, choravam copiosamente, talvez esperando que meu pai as houvesse agraciado com algum quinhão de sua pequena fortuna.

Ao fim dos serviços funerários, meu irmão se acercou de mim e disse:

— Por favor, Daniela, podemos ir?

Olhei para ele profundamente penalizada. Sim, queria partir dali, segurar em sua mão e fugir com ele para bem longe, mas nossas vidas se haviam tornado sórdidas demais para serem compartilhadas, e não podíamos mais voltar a ser o que fôramos um dia. Nenhum de nós podia. Nem meu pai, que partira para o outro lado sem a chance de um adeus.

Depois de alguns segundos, acariciei o seu rosto e respondi com ternura:

— Está bem, Daniel, creio que já não há mais mesmo o que fazer por aqui.

Peguei na sua mão e comecei a me afastar, e os demais presentes puseram-se a nos seguir. Seguindo pela alameda do cemitério, pude ouvir fragmentos de suas conversas:

— E agora, o que será deles? — indagou uma tia.

— Acho que Daniel vai cuidar da irmã — respondeu outra.

— Será? Mas é tão novinho ainda — acrescentou uma terceira.

— Quase uma criança — observou uma vizinha.

E por aí foi a conversa. Mas ninguém se atrevia a falar diretamente conosco. No fundo, eu sabia o que estavam pensando. Queriam cuidar de nós, os abutres, para poderem colocar as mãos no dinheiro de papai, dinheiro que era nosso. Mas não precisavam. Eu já não era mais nenhuma criança e podia muito bem cuidar de mim e de Daniel. E depois, eu sabia que eles não se importavam mesmo conosco. Se se importassem, não teriam esperado papai morrer para demonstrar isso e teriam tentado superar a barreira de sua intolerância e rabugice para nos ver. Mas não. Quando papai passou a destratá-los, eles se acomodaram, e nós fomos ficando esquecidos pelo resto da família.

Daniel e eu éramos gêmeos e, por isso, recebêramos nomes semelhantes. Eu nasci cinco minutos antes, forte e robusta, mas Daniel veio ao mundo extremamente magro e franzino, e quase não sobreviveu. Talvez por isso tenha sido um fraco a vida inteira e sempre precisou de mim para cuidar dele e protegê-lo. Era extremamente bonito e generoso, e eu o amava acima de todas as coisas na vida.

Nessa época, contávamos apenas dezenove anos e vivíamos sozinhos em uma bonita casa no interior, um pouco afastada do centro da cidade. A casa era ampla e arejada, na verdade, uma pequena chácara, e meu pai era dono de uma próspera fábrica de vidros que lhe rendera uma fortuna razoável, que agora nos pertencia. Não tínhamos vontade, meu irmão e eu, de administrar pessoalmente os negócios, então mandamos chamar um dos advogados de papai, doutor Osório, pessoa da mais alta lisura e confiança.

Doutor Osório foi nomeado nosso gestor de negócios e deveria nos prestar contas no final de cada mês, depositando no banco o dinheiro que nos caberia. Com isso, tínhamos mais tempo para nos ocupar um do outro, e isso era tudo o que queríamos. Agora sim poderíamos realizar nosso sonho de viver as nossas vidas sem qualquer intromissão, sem alguém que nos dissesse o que era certo ou errado, ou que era hora de parar. Pensando nisso, olhei para meu irmão e sorri, lembrando-me de quando tudo começou.

Certo dia, eu estava deitada numa rede na varanda quando vi Daniel se aproximar. Ele vinha correndo, trazendo nas mãos uma rolinha ferida, provavelmente quando tentara alçar seu primeiro voo.

— Daniela! Daniela! Veja o que achei — e exibiu-me o pássaro ferido, todo encolhido na palma de sua mão. — Será que vai morrer?

Examinei o animal com olhar crítico e dei o meu diagnóstico:

— Não vai não. Ele só está machucado. Provavelmente, foi a queda.

— O que faremos com ele?

— Não sei. Talvez seja melhor perguntarmos a mamãe.

Tínhamos treze anos e ainda não havíamos descoberto o quão estranha e ingrata a vida podia ser. Mas, naquele momento, nossa única preocupação era o animalzinho ferido, e corremos em busca de nossa mãe, que sempre resolvia nossos problemas com amor e bondade. Fomos encontrá-la na cozinha, ocupada com os preparativos do almoço. Tínhamos três empregadas em casa, mas minha mãe adorava cozinhar para meu pai. Ela o amava e o colocava acima de qualquer coisa, à exceção, talvez, de mim e de meu irmão. Ao ver-nos entrar apressados, soltou o frango que estava recheando e perguntou:

— Mas o que é isso, meninos? Aconteceu alguma coisa?

— Mamãe, mamãe! — disse eu. — Daniel encontrou um passarinho, mas está ferido. Mostre a ela, Daniel, vamos!

Daniel abriu a mão e mostrou o passarinho, mas ele não se mexia. Na ânsia de salvá-lo, ele apertara demais a mão e o bichinho sufocara. Ao ver o seu corpinho sem vida, Daniel desatou a chorar, sentindo-se culpado pela sua morte.

— Foi minha culpa! — repetia desolado. — Eu o matei!

— Não diga isso, meu filho — consolava minha mãe. — Não foi culpa sua. Sei que foi sem querer.

— Foi sim! Foi sim! Eu o matei e agora vou ter que pagar por isso. Deus vai me castigar!

— Meu filho, Deus não castiga ninguém. Foi um acidente, você não fez de propósito.

— É, Daniel — intervim eu. — Pois se foi você mesmo quem tentou primeiro salvar o bichinho...

A muito custo conseguimos consolá-lo. Daniel era um menino extremamente sensível e impressionável, e passou o resto do dia a lamentar a perda daquela rolinha. Quando meu pai chegou, minha mãe contou-lhe o ocorrido, mas ele não deu muita importância. Ao contrário, repreendeu Daniel duramente, e ainda hoje me lembro de suas palavras:

— Pare com essa bobagem, Daniel. Até parece um mariquinhas. Homem que é homem não chora!

Daniel viu-se obrigado a engolir o choro. Tinha medo de papai e não queria levar umas palmadas. Embora papai não costumasse bater em nós, por vezes nos aplicava uma palmada ou outra, o que, por si só, já era bastante doloroso. Mas apanhar mesmo, nós nunca havíamos apanhado, até o dia em que o mundo desabou sobre nós.

Quando a noite chegou, fomos dormir, mas Daniel estava ainda muito abalado. Por volta da meia-noite, a casa toda escura, ouvi passos perto de minha cama e me assustei. Daniel estava lá, parado e chorando.

— O que você quer? — perguntei.

— Não consigo dormir.

— Quer deitar aqui comigo?

Ele fez que sim com a cabeça e eu cheguei para o lado, dando espaço para que ele se deitasse. Ele se deitou perto de mim e me abraçou, pousando a cabeça em meu peito. Logo adormeceu, e quem não pôde mais dormir fui eu. Por alguma estranha razão, a presença de Daniel ali a meu lado me perturbava. Eu podia sentir o seu corpo pressionando o meu, e aquilo foi me enchendo de desejo. Apavorada, fechei os olhos e rezei, pedindo a Deus que afastasse aqueles pensamentos impuros da minha cabeça. Daniel era meu irmão, e aquilo não estava direito. Com o conforto da prece, o sono chegou e eu adormeci, somente despertando na manhã seguinte, segunda-feira, com minha mãe chamando:

— Daniela, acorde. Já é hora de ir para a escola.

— Hum... — fiz eu, ainda sonolenta.

— Vamos, levante-se.

Abri os olhos e procurei meu irmão. Ele não estava mais ali.

— Onde está Daniel? — indaguei.

— Acordou cedo e já se vestiu.

Em silêncio, eu me levantei e fui saindo em direção ao banheiro. Já na porta, minha mãe segurou-me o braço e falou meio sem jeito:

— Daniela, minha filha, quantas vezes tenho que lhe dizer para não dormir agarrada com seu irmão?

— Mas mãe — indignei-me —, que mal pode haver, se somos apenas irmãos?

— Mal não há. Mas não fica bem.

— Ora, mãe, que tolice. Você bem sabe que Daniel e eu sempre fomos muito unidos.

— Mas você agora já está uma mocinha, e Daniel já é quase um homem. E depois, você sabe que seu pai também não aprova.

— Eu sei, eu sei. Mas Daniel estava triste por causa do passarinho. Mamãe, você se preocupa à toa. Somos irmãos, e não tem nada de mais dormirmos juntos.

Ela não respondeu e saiu. Minha mãe sempre foi uma mulher bastante sensata e intuitiva, e creio que ali, naquele momento, pôde vislumbrar todo o drama que em breve se abateria sobre nós. Em seu íntimo, ela devia se lembrar de tudo o que já acontecera em outras vidas e sabia por que havíamos nascido irmãos, assim como devia estar consciente de sua árdua missão de mãe.

Já na mesa do café, meu pai virou-se para minha mãe e disse:

— Eugênia, quantas vezes já lhe disse que não quero Daniel e Daniela dormindo na mesma cama?

Minha mãe olhou para mim, depois para Daniel, e abaixou a cabeça, tentando se desculpar:

— Ora, Gilberto, não foi nada. O menino ficou impressionado com a morte do pássaro, e Daniela só quis ajudar.

— Mesmo assim, não quero. Não fica bem. Daniela já é uma moça e tem seu próprio quarto. E Daniel também já é um homem e não deve se impressionar com essas tolices.

Olhei para meu irmão pelo canto do olho, mas ele nem se atreveu a levantar a cabeça. Depois do café, saímos e fomos esperar o transporte escolar na estradinha. Íamos em silêncio, com medo até de pensar.

Quando chegamos à escola, fomos para a sala de aula sem dizer nada. Como tínhamos a mesma idade e a escola era pequena, estudávamos na mesma classe. Entramos cabisbaixos e nos dirigimos a nossas carteiras. A minha ficava duas atrás da de Daniel, e a seu lado sentava-se uma garota magrinha, de nome Rita, de quem eu não gostava muito.

Rita vivia a insinuar-se para meu irmão, mas ele não lhe dava a menor importância. Naquele dia, porém, talvez em razão da bronca de papai, Daniel resolveu prestar-lhe um pouco mais de atenção, e ela derreteu-se toda para ele. Na hora do recreio, Daniel e Rita desapareceram, e eu saí atrás deles, louca da vida. Fui encontrá-los atrás do muro do pátio, beijando-se. Horrorizada, não pude esconder a indignação e gritei:

— Daniel!

Ele soltou a menina e se virou para mim. Estava confuso, envergonhado. Mais que depressa, pus-me a correr de volta para a sala de aula e não disse mais nada. Quando a sineta tocou, anunciando o término das aulas, levantei-me acabrunhada e saí para tomar a condução de volta, sem dar nem uma palavra sequer.

Em casa, depois do almoço, fui para o quintal, Daniel atrás de mim tentando puxar conversa:

— Ora, vamos, Daniela, o que foi que houve? Por que está tão brava?

Eu não sabia o que dizer. Na verdade, não deveria estar zangada, mas o fato era que estava. Pior: eu estava morrendo de ciúmes.

— Pare com isso, Daniela, e deixe de besteiras. A Rita é apenas uma menina, não significa nada para mim.

Parei e me virei para ele, fitando-o com o olhar carregado de angústia:

— Mas você a beijou — desabafei por fim. — E na boca! Eu vi.

— E daí?

— Como pôde me trair?

Ele já ia responder, mas não lhe dei tempo. Segurando-lhe a cabeça, beijei-o apaixonadamente, e ele afastou-se de mim com um safanão.

— Ficou louca, Daniela? Somos irmãos!

Eu me atirei ao chão e comecei a chorar copiosamente.

— Eu sei, eu sei. Mas não pude evitar. Oh! Daniel, perdoe-me. Eu o amo e o desejo, e já não posso mais lutar contra esse sentimento. Sei que é errado, é pecado, mas não paro de pensar em você, em sua boca, em seu corpo...

Daniel ajoelhou-se a meu lado e me acompanhou no pranto. Como podia condenar-me se ele também lutava contra aquele sentimento? Assim como eu, ele também me amava e me desejava, e só beijara Rita porque não podia me beijar, sua própria irmã.

Abraçou-se a mim e procurou a minha boca, beijando-me com sofreguidão. Eu me assustei. Não esperava que meu irmão me correspondesse, mas deixei-me ficar, perdida em seus beijos. Depois, começamos a nos acariciar e logo estávamos nos amando.

Depois desse dia, não pudemos mais nos separar. Aonde um ia, lá ia o outro atrás. Estávamos sempre juntos, de mãos dadas ou abraçados, e não saíamos com mais ninguém. Evitávamos as rodinhas de amigos, não tínhamos namorados. Rita ficou esquecida, Daniel nem olhava mais para ela. A paixão entre nós crescia vertiginosamente. Era um amor selvagem e carregado de culpa, mas nós não podíamos mais deixar de nos amar.

Em casa, nossos pais começaram a notar a diferença em nosso comportamento. Eu já estava uma mocinha, e era natural que os rapazes telefonassem à minha procura. Mas eu, sempre que podia, esquivava-me de falar com eles ou inventava uma desculpa para recusar convites para ir a festas ou ao cinema. Daniel, por sua vez, também não dava importância às garotas e vivia trancado dentro de casa, sempre em minha companhia.

Mamãe e papai estavam seriamente preocupados. Mamãe, sem saber por quê, tinha um estranho pressentimento, embora não pudesse sequer conceber a dura realidade. Papai, bastante desconfiado, também se recusava a crer que seus filhos pudessem estar cometendo o mais abominável dos pecados, cujo nome tinha até medo de pronunciar: incesto.

Mas a verdade era uma só. Estávamos vivendo um amor intenso e incestuoso e, apesar da culpa que nos roía, não podíamos mais nos separar. Nada nem ninguém nos importava, só o nosso amor.

Até que, um dia, o pior aconteceu. Havíamos chegado da escola e, como sempre, almoçamos e partimos para o quintal, para nos encontrarmos sob a sombra de nossa figueira preferida, lá embaixo, perto do laguinho. Era um local escondido, e ninguém, a não ser nós, ia até lá. Mas naquele dia mamãe resolveu nos seguir. Talvez já não estivesse mais aguentando aquela suspeita. Em silêncio, foi atrás de nós e parou quando paramos. Logo começamos nosso ritual de amor, nos beijando e acariciando, até que nos amamos como dois animais. Mamãe ficou chocada, tão chocada que não conseguiu falar. Em silêncio, voltou para casa e telefonou para papai, pedindo-lhe que viesse com urgência. Meu pai, que de nada sabia, retornou na mesma hora e logo foi colocado a par do que acontecera.

Quando voltamos de nosso *passeio*, estavam ambos sentados na sala, esperando por nós. Assim que entramos, a voz de papai se fez ouvir, forte como um trovão:

— Daniel e Daniela, venham até aqui imediatamente!

Nós nos olhamos alarmados. O que estaria fazendo papai ali àquela hora? Ao entrarmos na sala e vermos as fisionomias graves de nossos pais, já sabíamos que eles haviam descoberto toda a verdade.

— Muito bem — prosseguiu ele —, quero saber o que está acontecendo nesta casa! Será que perderam a vergonha, o pudor?

Não adiantava fingir, nos fazermos de desentendidos. Eles não eram tolos, e tentar enganá-los só serviria para aumentar ainda mais a fúria de meu pai.

— Pai, deixe-me explicar — arrisquei.

— Cale-se, sua ordinária, cadela!

Levantou a mão, acertando-me em cheio no rosto. No mesmo instante, eu titubeei e caí, sentindo uma dor horrível na face, na boca um gosto amargo de sangue. Tentei me levantar, mas ele correu para mim e tirou o cinto, desferindo diversos golpes nas minhas costas. Comecei a chorar e a gritar, mas ele não parava. Minha mãe, assustada, tentou intervir, mas ele a repeliu com um empurrão, e ela tombou no sofá, amparada por meu irmão.

— Papai, por favor — suplicou Daniel —, vai matar Daniela.

Subitamente, ele me soltou e virou-se para ele, os olhos injetados de sangue.

— Venha cá, moleque, que lhe darei uma lição.

Partiu para cima dele, acertando-o em diversos lugares. Eu estava exaurida, não tinha mais forças para reagir, e minha mãe deixou-se ficar prostrada sobre o sofá. Até que, de repente, ele parou, ajoelhou-se no chão e desatou a chorar. Foi estranho ver meu pai ali, vencido, chorando feito uma criança desamparada. Minha mãe levantou-se e acercou-se dele, abraçando-o com ternura. Ela ergueu a cabeça e me encarou, e havia tanta dor naquele olhar, que eu senti uma forte pontada no coração.

— Por quê? — indagou sentida. — Por quê? Não fizemos tudo por vocês? Por que foram nos trair dessa maneira?

— Mãe...

— Não, não. Deixe-me terminar. Vocês são reles e não merecem o nosso amor. Vocês traíram a nossa confiança, abusaram de nosso amor. Como puderam ser tão sórdidos?

— Mãe, por favor, posso explicar.

— Não, Daniela, não há explicação para o que vocês fizeram. Vocês são irmãos, têm o mesmo sangue, nasceram no mesmo dia e, no entanto, se deitam no meio do mato como dois animais. É isso mesmo o que são: animais. Porque só os animais copulam com seus irmãos e irmãs.

— É isso mesmo — concordou papai. — Vocês não são dignos de nosso amor e nosso respeito e, de hoje em diante, não os quero mais em minha casa. Aprontem suas trouxas e ponham-se daqui para fora!

— Mas pai — chorava Daniel —, você não pode. Aonde iremos? Somos menores e...

— Isso não me interessa. Deveriam ter pensado nisso antes. E depois, podem ainda ser menores, mas, com certeza, já não são mais crianças. Eu bem que desconfiava, andando juntos, agarradinhos. Como fui burro!

— Não se torture, Gilberto, a culpa não foi sua. No entanto, Daniel tem razão. Você não pode mandá-los embora.

— Não posso? Pois já os mandei.

— Mas eles são nossos filhos. Devemos ajudá-los.

— Ajudá-los como, se são dois sem-vergonha?

— Ainda assim, devemos ajudá-los. Eles devem estar doentes da cabeça, e podemos procurar ajuda psiquiátrica. Um bom médico há de curá-los.

— Mamãe, por favor — objetei —, não estamos doentes nem somos loucos. Apenas nos amamos.

— Cale essa boca! — berrou papai, esbofeteando-me novamente. — E não ouse repetir tamanha infâmia na nossa frente. Vocês são irmãos, e isso que chama de amor é expressamente proibido para vocês.

— Ah, é? E por quem?

— Por Deus e pela Justiça. O que vocês fizeram foi abominável e não merece perdão.

Meu pai estava rubro de ódio, e pensei que ele fosse enfartar naquele momento. Minha mãe também deve ter pensado a mesma coisa, porque ainda tentou contemporizar:

— Gilberto, acalme-se...

— No entanto — prosseguiu ele, quase rugindo —, não vou mandá-los embora, apenas porque é sua mãe quem está pedindo. Mas é condição para que fiquem que consultem um psiquiatra. E não os quero mais juntos. Estão proibidos de se encontrarem sozinhos.

— Pai, não pode fazer isso! — protestei. — Você não tem o direito de nos separar.

— Basta, Daniela! Cale-se ou serei capaz de cometer uma loucura!

Achei melhor calar-me. Não adiantava mesmo discutir. Meu irmão estava apavorado e não ousava contrariar as ordens de papai, e tivemos que obedecer. Fomos bruscamente separados e, depois de três dias, estávamos frequentando as sessões de um psiquiatra que nos olhava como se fôssemos uma aberração. Nós o detestávamos, mas tínhamos que ir, um de cada vez.

Em nossa casa, papai redobrou a vigilância sobre nós. Ele mesmo nos levava à escola e nos buscava, e deu ordens expressas à professora para que não nos deixasse sair mais cedo nem no meio da aula sem a sua autorização. Embora ele não tivesse declinado o motivo daquela proibição, a professora também não perguntou nada e fez como ele pediu. Ela nem de longe desconfiava do que se tratava, mas era assunto de família, e ela não tinha nada com aquilo.

Os outros alunos ficaram intrigados e não tardaram a criar uma história na qual todos passaram a acreditar, e logo se espalhou a fofoca de que Daniel e eu deveríamos estar envolvidos com drogas. Aquilo foi extremamente duro para nós, porque todos os jovens, alertados por seus pais, nos evitavam e mal falavam conosco. De repente, nós nos tornáramos delinquentes e não éramos mais companhia para *os jovens de boa família.*

Quando mamãe soube do que estava acontecendo, foi até a escola desfazer o mal-entendido, justificando a proibição de papai com a alegação de que estávamos pegando a mania de fumar escondidos no banheiro, o que não era assim tão ruim. O mal-entendido e o isolamento se desfizeram, porque a maioria dos jovens fumava também, e tudo voltou ao normal, embora a proibição continuasse.

Quando voltávamos para casa, almoçávamos, e Daniel tinha que subir para o seu quarto, enquanto eu acompanhava mamãe aonde quer que ela fosse. À noite, mamãe dormia em meu quarto, e eu só podia sair para ir ao banheiro ou beber água, e, assim mesmo, em sua companhia.

Durante as primeiras semanas, até que funcionou. Mas depois, a ausência de Daniel começou a deixar-me louca. Eu não podia viver sem ele, e fazer sexo com ele, mais do que uma necessidade, era uma questão de sobrevivência.

Até que, numa noite em que mamãe dormia profundamente, eu me levantei e saí na ponta dos pés, seguindo direto para o quarto de Daniel. Experimentei a porta. Não ficava trancada, para que ele pudesse ir ao banheiro, se precisasse. Papai recusava-se a dormir com ele, e só eu era constantemente vigiada por mamãe. Estando com ela, não poderia estar com Daniel.

Em silêncio, aproximei-me da cama de meu irmão, que dormia um sono agitado, e deitei-me ao seu lado. Ele abriu os olhos assustado, e eu colei minha boca à sua. Imediatamente, ele me abraçou e começou a me despir, enquanto murmurava baixinho:

— Oh! Daniela, que bom que veio! Já não podia mais suportar...

— Mas o que é que está acontecendo aqui? — era mamãe, que acendia a luz, ao mesmo tempo em que saía porta afora para chamar papai.

Eu me desvencilhei de meu irmão e corri atrás dela, implorando-lhe que não fizesse aquilo. Mas ela não me dava ouvidos e continuou a avançar para o quarto de papai. Apavorada, tentei segurá-la pela camisola, mas ela lutou comigo, até que se desequilibrou e caiu escada abaixo, rolando os degraus até chegar lá embaixo, o pescoço quebrado, já sem vida.

Ouvindo aquela confusão, papai correu para ver o que estava acontecendo. Ao se deparar com mamãe morta, estirada no pé da escada, desceu correndo e começou a chorar feito louco. Eu, penalizada, acerquei-me dele e falei com pesar:

— Pai, sinto muito... foi um acidente.

Ele me olhou sem nada entender e vociferou:

— Saia daqui! Deixe-me a sós com minha Eugênia!

Vendo que nada podia fazer, fui para a sala e peguei o telefone para chamar um médico, que constatou o óbito. Como ninguém sabia de nosso drama, a morte de mamãe foi dada como acidente, e nem sequer houve inquérito.

Mas papai passou a desconfiar de mim, pensando que eu a havia empurrado, e não pôde acreditar quando lhe disse que tudo não passara de uma fatalidade e que eu também estava sofrendo muito com a perda de mamãe.

Desse dia em diante, papai perdeu o interesse em nos ajudar e nunca mais nos obrigou a voltar ao psiquiatra. Passamos a conviver debaixo do mesmo teto, mas não de forma pacífica. Ele começou a nos maltratar e humilhar e, por vezes, a nos ignorar, mas sempre nos atirando na face o pecado que cometêramos. Mas não nos expulsava, e fomos ficando, acostumados àquela vida desregrada e desarmoniosa que se estabeleceu em nosso lar.

CAPÍTULO DOIS

Falar de meu pai sempre foi muito difícil e complicado. Desde pequenos, era-nos difícil compreendê-lo e aceitá-lo. Ele era um homem duro, pouco compreensivo e nada transigente. Vivia rodeado de padrões de moral distorcidos e jurara a si mesmo que Daniel e eu nos tornaríamos *pessoas de bem*. No entanto, depois que tudo aconteceu, penso que ele passou a nos odiar porque, para ele, nós frustráramos o seu sonho de ter filhos perfeitos. Não éramos mais *pessoas de bem*.

Para papai, teria sido melhor se nos tornássemos ladrões, desde que nos mantivéssemos dentro de seus padrões de moral e não o envergonhássemos. E o incesto, para ele, era motivo de extrema vergonha, tanto que tentou nos ocultar da melhor forma possível. Por isso não nos expulsava. Tinha medo de que, se saíssemos de casa, pudéssemos levar ao mundo o conhecimento do que havíamos feito, do que nos tornáramos, de nossa condição de irmãos-amantes, e isso o apavorava. Só de pensar que poderia ser apontado na rua, ele se desesperava. Não. Em casa era mais seguro. Ao menos assim, ele poderia ter certeza de que não seríamos vistos por ninguém e conseguiria manter aquela sua capa de perfeição e virtude, de homem íntegro, sem *rabo preso*.

Apesar de nos aceitar em sua casa, não nos aceitou mais em sua vida, pois não podia conviver com o fato de que éramos mesmo amantes, com todos os pormenores que essa condição implica. Fazíamos sexo quase que diariamente e não nos dávamos nem ao trabalho de esconder de papai.

À noite, quando eu escapulia para o quarto de Daniel, ou quando ele vinha ao meu, tínhamos certeza de que papai nos estava vigiando, mas não nos importávamos. Não havia mais o que esconder, e ele não tinha mais forças para nos separar. Contudo, conforme ele mesmo pensava, ao menos fazíamos sexo dentro das silenciosas paredes de nossa casa, longe dos olhares dos curiosos, e não em qualquer motelzinho barato de beira de estrada, onde alguém pudesse nos ver.

Lembro-me de nosso décimo quinto aniversário. Em outras circunstâncias, teria sido um acontecimento. Mas, devido ao que nos acontecera, foi motivo de brigas e desentendimentos em família. Eu estava sentada na sala, lendo um romance, e Daniel assistia à televisão, quando o telefone tocou. A empregada atendeu e me chamou:

— Daniela, é sua tia Mara. Quer falar com você.

Larguei o livro de má vontade e fui atender.

— Alô.

— Daniela, querida, como está?

— Bem, e você?

— Tudo indo. Estou ligando para saber de seu aniversário. Está próximo, e creio que vai dar uma bonita festa. Afinal, não é todos os dias que se debuta.

— Escute, tia Mara, não vai ter festa, não. Papai não quer.

— Como não? Pensei em ajudar, como sempre fiz.

— Agradeço, mas não creio que papai queira. Depois do que aconteceu à mamãe, ele não se interessa mais por festas.

— Ah! Mas não pode ser. Tenho certeza de que sua mãe, se estivesse viva, gostaria muito.

Eu não estava nem um pouco a fim de perder meu tempo com aquela conversa, embora concordasse com ela que uma festa seria divertida. Já fazia algum tempo que mamãe morrera, e uma festa serviria para nos descontrair um pouco. E depois, ninguém, a não ser nós, conhecia a verdade sobre nossas vidas. Mas, como sabia que meu pai jamais consentiria, tratei logo de encerrar a conversa e falei por falar:

— Está bem. Vou pensar. Prometo falar com papai.

— Ótimo. Depois que ele concordar, me telefone que eu os ajudarei com os preparativos.

— Pode deixar.

Desliguei e voltei para minha leitura. Pouco depois, papai apareceu na porta da sala, me olhando cheio de ódio.

— Quem foi que disse que consentirei em dar uma festa?

Eu o olhei com desdém. Sabia que ele andara escutando na extensão e respondi de má vontade:

— Ninguém. E nem estou a fim de festa nenhuma. Só concordei para me ver livre de tia Mara.

— Pensa que me engana, é, sua sem-vergonha? Então não sei o que lhe vai na cabeça?

Daniel, percebendo que iríamos começar outra briga, tentou intervir e apaziguar os ânimos.

— Papai, por favor, não comece.

— Fique quieto, Daniel. Não lhe perguntei nada.

— Chega, pai — protestei eu. — Não me amole.

— Ah! Então sou eu quem a está amolando, não é? Você que é a ordinária e ainda fica com raiva porque eu não aprovo suas sem-vergonhices?

Eu me levantei revoltada. Estava furiosa e, se pudesse, ter-lhe-ia dado uma bofetada. Tentando conter os ânimos, falei entre os dentes:

— Pare, pai, não vou ficar aqui escutando isso.

— Pois não vai mesmo. Vá agora para o seu quarto! Está de castigo!

Soltei uma gargalhada estridente:

— De castigo? Essa é boa. Desde quando você me coloca de castigo? Você não manda mais em mim!

— Mando sim. Você é minha filha, quer queira, quer não. É menor de idade e vive à minha custa. Obedeça-me agora ou vai apanhar!

— Mas, pai, ela não fez nada — objetou Daniel.

— Não lhe perguntei nada. Cale-se você também, ou vai ser pior para os dois.

— Não, pai, Daniela não fez nada...

Mas ele não quis ouvir. Estalou uma bofetada no rosto de Daniel, que logo se avermelhou. Fiquei furiosa e parti para cima dele, esbravejando:

— Seu cachorro, covarde! Por que não nos deixa em paz?

Ele, enfurecido, empurrou-me com violência e saiu em disparada, gritando enquanto subia as escadas:

— Se pensam que vão se divertir à minha custa, estão muito enganados. Não estou aqui para apoiar depravações.

Daniel e eu nos abraçamos e começamos a chorar. Nós nos sentíamos injustiçados, incompreendidos, rejeitados, e, com isso, só fazíamos alimentar o ódio que sentíamos de nosso pai. Não preciso dizer que não houve festa alguma. Quando tia Mara ligou novamente, papai mesmo atendeu o telefone e tratou logo de despachá-la. Ela ficou indignada com a sua reação. Desde que mamãe morrera, papai passou a destratar todos os parentes, o que acabou por afastá-los de nós. Fomos nos isolando cada vez mais, até que acabamos por ficar sozinhos, sem aquele convívio amistoso dos tios e primos.

O ambiente em nossa casa era praticamente insuportável. Havia ocasiões em que papai fingia que não existíamos. Lembro-me de quando terminamos o curso científico. Em nossa escola, procurávamos ficar um pouco afastados dos demais alunos. Conversávamos com eles sem, contudo, nos deixar envolver. Nunca os convidávamos para ir à nossa casa, recusávamos quase todos os convites para sair, à exceção de uma festa ou outra, e não nos demorávamos depois da aula. Mesmo quando havia algum trabalho em grupo, Daniel e eu sempre integrávamos o mesmo e marcávamos na casa de outros colegas para fazer o trabalho, nunca na nossa, com a desculpa de que não tínhamos mãe, e que nosso pai ficava fora o dia todo. Tínhamos medo de que os colegas descobrissem nosso segredo e procurávamos agir da forma mais natural possível. Com tudo isso, conseguimos nos formar e nos sentíamos orgulhosos.

Foi com alegria que Daniel levou a meu pai o convite de formatura. Papai pegou o papel e, sem nem olhá-lo, atirou-o na cesta de lixo. Daniel ficou chocado, e eu tive vontade de esmurrá-lo. Frustrado, Daniel argumentou:

— Pai, estamos nos formando no curso científico. Não está orgulhoso de nós?

Meu pai não respondeu, e Daniel insistiu:

— Não está feliz? Não quer ir conosco? Não sente nada? Por favor, pai, fale alguma coisa.

Não adiantava. Ele simplesmente nos ignorava. Naquele dia, pude sentir a frustração nos olhos de meu irmão. Apesar de tudo, era nosso pai, e seria extremamente constrangedor comparecer à cerimônia de formatura, que seria seguida de uma missa e de um baile, sem a presença de nosso pai. Eu me acerquei de Daniel, segurei a sua mão e levei-o dali, tentando consolá-lo da melhor forma possível.

— Não se preocupe, Daniel. Se ele não quer ir, deixe para lá.

— Mas, Daniela, a família de todos os nossos colegas estará presente.

— A nossa também. Convidaremos nossos tios, nossos primos. Eles irão, você vai ver.

Mas não foi assim que aconteceu. No dia da formatura, ninguém apareceu. Todos estavam chateados com papai e cheios de suas grosserias, e não queriam correr o risco de ter que aturar novas desfeitas. Nós nos formamos sozinhos e, logo após a missa, deixamos a igreja e fomos para casa. Não queríamos ir ao clube onde se realizaria o baile, ainda mais porque todos iriam perguntar, comentar, bisbilhotar. Isso foi causa de grande mágoa para nós, principalmente para Daniel, que, mais sensível, sonhava em terminar com aquela desavença e se iludia, pensando que papai, um dia, poderia nos entender e nos aceitar. Isso nunca aconteceu, e papai morreu levando consigo o imenso desgosto que nós lhe havíamos causado.

De outra vez, Daniel resolveu pedir-lhe dinheiro para comprar um carro. Alcançáramos os dezoito anos, e ele, como todo rapaz, sonhava com seu conversível. Meu pai olhou para ele incrédulo e ironizou:

— Para que precisa de carro? Para levar sua irmã ao motel?

Ele corou e respondeu indignado:

— Como pode falar assim de nós? Somos seus filhos.

— É mesmo? Que bom que falou, porque eu já havia me esquecido.

Entrei na sala e indaguei:

— O que é que está acontecendo aqui?

— Nada que seja de sua conta — respondeu papai mal-humorado.

— Se diz respeito a Daniel, é da minha conta sim.

— É que vim pedir a papai dinheiro para comprar um carro — apressou-se Daniel em explicar. — Mas ele não quer me dar.

— Posso saber por quê? — indaguei, já sentindo a raiva crescer dentro de mim. — Você não tem esse direito.

— Tenho sim. O dinheiro é meu e faço com ele o que quiser.

— Esquece-se de que temos a herança da mamãe?

— Herança... até parece.

— Temos sim. Mamãe possuía bens. Sei que temos nossos direitos, e você nunca nos deu um tostão.

— Porque vocês ainda não são maiores de idade e eu tenho que administrar o patrimônio da família.

— Oh! que magnânimo. E tudo isso sem interesse algum.

— Pode debochar o quanto quiser. Mas de mim não terão nem um tostão.

— Ah, não? E se eu procurar um advogado para reivindicar o que é nosso? Sabe que eu faria isso sem hesitar.

— E por que ainda não fez?

— Porque não foi necessário. Nunca nos faltou nada, e nós acabamos nos acomodando. Mas agora Daniel quer um carro, e você tem que dar. Não pode lhe negar isso.

Ele pensou durante alguns minutos, até que deu de ombros e disse com indiferença:

— Está bem. Se é isso o que quer...

Deu o dinheiro sem reclamar mais, e Daniel comprou o carro. Mas nem se dera ao trabalho de ir vê-lo. O que fazíamos com o carro não lhe interessava em nada, e continuamos a conviver daquela forma desarmoniosa e mesquinha.

A situação ficava cada vez pior. No final, já perto de sua morte, não podíamos falar mais nada, porque ele levantava a mão para nos bater. Quantas bofetadas levamos, Daniel e eu, em nome de seu ódio! Papai sempre me considerou culpada pela morte de mamãe e, pouco antes de morrer, me dissera:

— Daniela, estou doente e sei que não duro muito... — eu não respondi e ele continuou: — Sei que ficarão felizes quando eu me for, e eu também, pois só assim poderei reencontrar minha Eugênia e ficar livre de vocês. Mas quero que saiba que jamais os perdoarei, principalmente a você.

— Não preciso de seu perdão — respondi de mau humor.

— É bom mesmo, porque jamais o terá. Você é uma ingrata, uma mal-agradecida, uma assassina.

— Não é verdade! — gritei zangada.

— É sim. Matou sua mãe!

— Eu não a matei. Quantas vezes preciso lhe dizer que foi um acidente?

— Acidente sei. Um acidente casual e conveniente... não é mesmo?

— Não pode me acusar. Eu a amava e jamais a machucaria.

— E não a machucou? Não a feriu com esse abominável incesto?

— Não quero falar sobre isso.

— É claro que não. Não lhe convém expor os seus pecados, não é?

— Pare, pai! Não sou mais criança e não sou obrigada a tolerar isso.

— Enquanto viver sob o meu teto, será obrigada a me aguentar sim, quer queira, quer não.

— Por que não morre de uma vez?

— É isso que você quer, eu sei. Infelizmente, sei que morrerei mesmo, mas não quero que você se esqueça de que eu a odeio, porque você matou sua mãe e porque me envergonhou.

— Cale a boca! Você não sabe o que diz!

— Ah, não sei, né? Sei sim, e muito bem. Você é uma criminosa e deveria estar presa. Nem sei por que não a denunciei.

— Faça isso. Ainda está em tempo. Mas você nunca poderá provar que eu a matei, porque não a matei. Ela era minha mãe e eu a amava.

— Bem se vê o quanto a amava.

— Por que sente prazer em me torturar?

— Para que a sua consciência não permita que você se esqueça do que fez e nunca pare de atormentá-la, pelo resto de sua vida.

— O que é isso, uma maldição?

— Entenda como quiser.

Sem responder, eu me levantei e saí. Não queria mais ficar perto dele. Sabia que ele estava mal, mas não me importava. Ele se consumira pela raiva e deixara que o câncer de fígado o destruísse por dentro. Já estava quase no fim. Na noite seguinte, teve uma crise e foi hospitalizado. Seu estado se agravava a cada dia, e Daniel e eu não podíamos deixar de desejar que ele morresse. Não o aguentávamos mais. Ele nos odiava, e nós, a ele. Aos poucos, foi definhando e começou a tomar morfina para diminuir as dores. No final, já não falava nem nos reconhecia. Até que um dia, um sábado pela manhã, ele faleceu. Daniel e eu suspiramos aliviados. Estávamos livres daquele estorvo.

CAPÍTULO TRÊS

Daniel entrou na sala e me encontrou dormindo no sofá, cansada das extravagâncias da noite anterior. Desde que papai morrera, havia quase seis meses, praticamente não saíamos mais de casa e passávamos as noites nos braços um do outro, quase sem dormir. Era maravilhoso poder ter Daniel só para mim, poder abraçá-lo, beijá-lo e amá-lo sem me preocupar com a vigilância de meu pai.

Das três empregadas que possuíamos, somente Joaquina permaneceu conosco, porque era a mais antiga e ajudara muito a minha mãe, inclusive a nos criar. As outras duas, nós as despedimos. Não queríamos testemunhas de nosso romance ilícito. Mas nós precisávamos de alguém que cuidasse da casa e de nós, e Joaquina ficou. Nós lhe pagávamos muito bem, e ela não se importava com o que fazíamos. Mesmo assim, nunca deixamos que percebesse que entre nós havia algo de proibido, e acho que ela nem desconfiava. Talvez pensasse que nos drogássemos ou coisa parecida, mas não creio que soubesse o que realmente fazíamos. Sei que ela nos achava estranhos, pois vivia dizendo que éramos jovens demais para nos enfurnarmos dentro de casa, e que deveríamos sair e aproveitar a vida. Tínhamos dinheiro e não nos faltariam opções de distração.

Quando Daniel entrou, naquele dia, eu estava semi-adormecida e mal percebi o seu vulto se acercando de mim. Já era quase meio-dia, e pensei que ele tivesse ido me buscar para o almoço. Quando o vi debruçado sobre mim, agarrei-o pelo pescoço e puxei-o, beijando-o com vontade. Ele correspondeu ao beijo e me afastou logo em seguida, sentando-se no sofá e colocando minha cabeça em seu colo. Alisando meus cabelos, começou a dizer:

— Daniela, tenho algo muito importante para falar com você.

— O que é?

— Bom, ano passado nós terminamos o curso secundário...

— E daí?

— E daí que eu estive pensando... gostaria de ir para o Rio de Janeiro estudar, ir para a faculdade.

Eu me levantei de chofre. Estava indignada e considerava aquilo uma traição ao nosso amor.

— Ficou louco? — indaguei perplexa. — Como pode querer ir embora daqui? E o nosso amor?

Ele abaixou os olhos e suspirou. Não tinha coragem de me encarar.

— Sinto muito — prosseguiu —, mas já me decidi.

— Mas, Daniel, você não pode. E eu?

Ele me encarou e não disse nada. Fiquei algum tempo em silêncio, pensando, até que desabafei:

— Não entendo, Daniel, pensei que me amasse.

— Mas eu a amo — respondeu ele sem muita convicção.

— Daniel, você está mentindo! — comecei a chorar. — Sinto, pelo tom de sua voz, que já não me ama mais. O que foi que aconteceu?

— Daniela, não chore, não houve nada. Apenas penso se já não é hora de terminarmos esse romance tresloucado.

— Tresloucado? É assim que chama o nosso amor?

— Não é isso. É que eu já não quero mais viver assim. Joaquina tem razão. Somos jovens, temos nosso dinheiro, podíamos estar aproveitando um pouco mais a vida.

— Está bem. Se é isso que quer, podemos fazer uma viagem, só nós dois. Europa, Estados Unidos, onde você quiser. Será até bom. Ninguém saberá que somos irmãos e poderemos andar livremente pelas ruas, abraçados, de mãos dadas, podemos até nos beijar em público. É, é isso. Você tem razão. Estamos há muito tempo presos aqui e...

— Daniela, por favor, pare. Não é isso.

— Não é? Mas você acabou de dizer que deveríamos aproveitar a vida.

— Mas não dessa maneira.

— Como, então?

— O que quero dizer, Daniela, é que não quero mais viver na obscuridade. Quero pegar o dinheiro que papai nos deixou e aproveitar em outras coisas, não necessariamente em passeios ou distrações.

— Ora, e o que é que deseja, exatamente?

— Desejo estudar. Quero me formar, ter uma profissão.

— Mas para quê? Então não temos tudo o que queremos? Nossa fábrica não dá bons lucros, e o doutor Osório, todo mês, não nos presta contas? Está lhe faltando alguma coisa?

— Não é isso, Daniela, você ainda não entendeu.

— Não, confesso que não. Temos tudo, podemos sair, viajar, o que você quiser.

— Mas o que quero é estudar. E não adianta tentar me fazer mudar de ideia, porque já está tudo resolvido. Daqui a uma semana parto para o Rio de Janeiro. Vou me inscrever no vestibular.

Fiquei boquiaberta. Estava abismada. Meu irmão não podia estar fazendo aquilo comigo. Ele tratara de tudo pelas minhas costas, sem nem me consultar ou participar. Fora uma traição. Mas eu o amava loucamente, mais até do que a mim mesma, e não poderia suportar viver sem ele. Tentando controlar a raiva, o medo e a frustração, falei com frieza:

— Pois muito bem. Se é assim, espero que saiba o que está fazendo. Mas depois não vá se arrepender e voltar correndo para mim. Vire-se sozinho.

— Pare com isso, Daniela, não seja tão dramática. Eu não vou sumir, vou apenas estudar. Quero me formar, ser arquiteto. Você sabe que gosto de projetar casas, sempre gostei.

— Pois então vá. O que está esperando?

— Não quero deixá-la assim.

— E como quer que eu fique? Contente?

— E por que não? Afinal, estou tentando fazer algo que me agrade, e a minha alegria deveria ser motivo de contentamento para você. Vamos, Daniela, não seja egoísta.

— Egoísta, eu? Era só o que me faltava. Pois fique sabendo, senhor Daniel, que não ligo nem um pouco se você quer partir. Pode ir. Vamos, o que está esperando? Só vou lhe avisar uma coisa: se pensa em me trocar por outra, pode esquecer. Mato você antes. Eu juro.

— Daniela, por favor...

— Saia daqui, não quero mais falar com você.

— Daniela, não seja criança...

— Saia daqui! Suma! Desapareça!

Daniel, magoado, virou-me as costas e saiu, ganhando a rua. Não retornou para o almoço nem para o jantar, somente voltando altas horas da madrugada. Eu fiquei apavorada. E se ele tivesse partido? Desesperada, corri ao seu quarto, mas me tranquilizei ao ver que suas roupas ainda estavam ali. Desapontada, deitei-me em sua cama para esperá-lo, até que adormeci e não vi quando ele chegou. Somente no dia seguinte, quando o sol bateu em meu rosto, foi que despertei e vi que ele estava ali, dormindo placidamente ao meu lado. Ao vê-lo, tão belo e tão sereno, não pude conter a emoção e exclamei:

— Daniel!

Ele abriu os olhos e me fitou ainda com sono, virando-se para o outro lado e voltando a dormir. Eu, porém, ansiosa e agoniada, comecei a sacudi-lo pelos ombros, até que ele despertou.

— Meu Deus, Daniela, pare com isso. Estou com sono.

— Daniel, meu amor, sabia que não iria me abandonar.

Comecei a beijá-lo e acariciá-lo, provocando-o. Daniel não pôde resistir às ousadias de minhas carícias. Além de tudo, nós nos havíamos especializado na arte de fazer sexo. Como já vivíamos mesmo um amor proibido, nossa relação não encontrava limites ou censuras. Vivenciávamos o sexo em sua plenitude, e tudo entre nós era permitido, sem pudores ou constrangimentos. Assim, após breves instantes de provocação, Daniel cedeu aos meus apelos e me tomou nos braços, e nós nos amamos loucamente. Eu estava extasiada. Quanto mais o tinha, mais o queria, e não o perderia por nada neste mundo.

— Meu querido — sussurrei —, sinto se o magoei.

Ele segurou a minha cabeça e, olhando bem fundo nos meus olhos, acrescentou:

— Você me magoou mesmo. Pensei que quisesse me ver feliz.

— E quero.

— Então não crie problemas e deixe-me partir para o Rio de Janeiro.

— Você irá de qualquer jeito, não é? Quer eu deixe, quer não.

— Irei. Já estou decidido.

— Muito bem. Se é isso o que você quer, então não irei mais contrariá-lo. Já me decidi. Eu irei com você.

Naquele momento, Daniel lançou-me um olhar indefinível, mas que, no fundo, queria me dizer muitas coisas. Só que eu, tonta e apaixonada, não pude ou não quis compreender seu significado.

Daniel não disse mais nada, mas eu, em meu íntimo, sabia que ele não queria a minha companhia, embora não quisesse aceitar esse fato. Eu devia ter notado que nosso amor, ou melhor, o amor de meu irmão, já se havia consumido, e o que ele buscava era uma vida de liberdade, na qual não se incluía a companhia de uma irmã, ainda mais de uma irmã feito eu. Eu era sinônimo de pecado, e Daniel não queria mais pecar. Ao contrário, ao optar por estudar no Rio de Janeiro, estava claro que Daniel buscava se afastar de mim, enterrando em seu passado aquele amor obscuro que vivíamos, carregado de culpas.

Afinal, ele mesmo dissera que já era hora de acabar com aquele romance tresloucado. No entanto, devido à minha louca paixão, eu jamais poderia aceitar que ele se fosse sem mim e tudo faria para mantê-lo a meu lado. Quem sabe ele não estivesse apenas cansado daquela vida de clausura, e os novos ares da Cidade Maravilhosa talvez lhe fizessem bem? E, com o tempo, tudo voltaria ao normal e nós continuaríamos a nos amar. Talvez até nos mudássemos em definitivo para o Rio de Janeiro. Lá ninguém nos conhecia e poderíamos muito bem passar por namorados ou, quem sabe, até por marido e mulher.

Uma semana depois, lá íamos nós rumo ao Rio de Janeiro. Logo que chegamos, nos hospedamos num hotel e, pouco depois, já havíamos alugado um apartamento em Copacabana, de frente para o mar. Era uma beleza!

As inscrições para o vestibular já haviam começado, e ambos nos inscrevemos para arquitetura. Eu não tinha a menor vontade de estudar, mas não poderia passar horas a fio sem a companhia de Daniel. Assim, a única solução que encontrei foi fazer o vestibular junto com ele, rezando para que passássemos para a mesma faculdade.

Matriculamo-nos num cursinho e metemos a cara em livros e apostilas. O tempo era curto e estudávamos dia e noite sem parar, até que o dia dos exames chegou. Eu estava tão ligada em Daniel que sabia quais as questões que ele havia aprendido, quais as que ele não sabia e quais aquelas em que ainda tinha dúvidas. Eu era mais inteligente do que ele e tinha possibilidade de fazer uma prova muito melhor do que ele. No entanto, preferi marcar as respostas que eu sabia que ele marcaria, o que aumentaria as minhas chances de passar para a mesma faculdade que ele. E assim aconteceu. Passamos, ambos, para a mesma faculdade particular, e quando o ano letivo se iniciou, lá estávamos nós, estudando na mesma sala.

Eu estava feliz da vida, e Daniel parecia também estar. Apesar de tudo, ele estava satisfeito com a minha presença. Eu cuidava de tudo, e ele não precisava se preocupar com nada. Fizemos algumas amizades, mas, ao contrário do que eu imaginara, não conseguíramos ocultar nosso parentesco, e todos sabiam que éramos irmãos. Dentre os amigos que fizemos, dois em especial se destacaram: Ana Célia, que muito se afeiçoara a nós, e Marcelo, que parecia interessado em mim e vivia jogando piadinhas. Mas eu não estava interessada nem nele, nem em ninguém. Ainda assim, éramos bons amigos e muitas vezes saíamos juntos, para ir a algum barzinho ou boate.

Para Daniel tudo estava perfeito. Ele rápido se habituara à vida tumultuada do Rio de Janeiro e tomara gosto pelas saídas noturnas. Eu, mais reservada, preferia gastar o meu tempo livre sozinha com ele, mas procurava não contrariá-lo e sempre o acompanhava. Somente à noite ou nos fins de semana, quando estávamos sós ou viajávamos, é que nos entregávamos a nosso prazer pessoal e continuávamos a nos amar com a mesma paixão, com o mesmo ardor, com a mesma volúpia de sempre. No fundo, Daniel sabia que eu era excelente amante, e não havia, naquela época, tantas moças disponíveis para o sexo antes do casamento.

CAPÍTULO QUATRO

Um dia, resolvemos passar o fim de semana em Angra dos Reis e, a pedido de Daniel, convidamos Ana Célia e Marcelo. Embora a contragosto, aceitei convidá-los. Para mim, seria muito melhor passar dois dias esquecida com Daniel num paraíso do que ter em nossa companhia dois estranhos que, apesar de amigos, não compartilhavam da nossa felicidade. Naquela época, creio que eu era meio ingênua, pois não pude perceber o que meu irmão pretendia. Só depois, quando o pior aconteceu, foi que consegui juntar todos os pedacinhos de nosso drama e vi que Daniel, havia muito, planejava livrar-se de mim, atirando-me nos braços de outra pessoa, só para deixar-lhe o caminho livre.

Fazia um bonito dia e nós aproveitávamos o sábado nos tostando ao sol. O hotel em que nos hospedáramos ficava de frente para o mar, e eu dividia um quarto com Ana Célia, enquanto Daniel dividia outro com Marcelo. Essa combinação também não era de meu agrado, mas meu irmão acabou me convencendo de que seria a mais normal e menos suspeita. A contragosto, novamente concordei.

Ana Célia e eu conversávamos animadamente, trocando ideias sobre determinada matéria da faculdade, quando Marcelo se acercou de nós e convidou:

— Daniela, por que não vamos nadar?

— Ah, Marcelo, agora não. Estou com uma preguiça...

— Ora, mas o que é isso? A água está uma delícia.

— Está mesmo — concordou meu irmão, que vinha chegando por detrás dele, sacudindo os cabelos para tirar o excesso de água. — Você devia aproveitar.

Ao final de alguns segundos, assenti, como sempre, para fazer a vontade de Daniel. Já estava me levantando quando Ana Célia falou:

— Também vou.

Mas o olhar de meu irmão fez com que ela se sentasse novamente, e eu fui para a água em companhia de Marcelo. Até então, nunca desconfiara de que meu irmão pudesse estar interessado em Ana Célia, ou vice-versa, e corri para o mar, atirando-me na água e mergulhando repetidas vezes. Estava alegre, brincando com Marcelo, quando algo chamou minha atenção. Ao olhar para a areia, vi que Daniel se achegara demais a Ana Célia, falando coisas em seu ouvido, e ela ria e balançava a cabeça, como se estivesse concordando com o que ele dizia. Aquilo me deixou louca de ciúmes e eu, rápido, saí da água. Marcelo, correndo atrás de mim, segurava-me pelo braço.

— Daniela, o que foi que aconteceu? — perguntou ele. — Por que a pressa?

— Deixe-me em paz — respondi bruscamente, e ele me soltou.

— Nossa, que bicho a mordeu?

— Não é da sua conta. Agora, com licença, preciso passar.

Sem compreender, Marcelo chegou para o lado, dando-me passagem, e eu corri para onde Daniel estava. Eles gargalhavam e cruzavam olhares, por vezes até se tocando de forma estudadamente casual. Quando cheguei, espumando de raiva, Ana Célia se assustou e indagou aflita:

— Daniela, aconteceu alguma coisa? Você está esquisita.

Eu não respondi. Não tinha o que dizer. Minha vontade era de esganá-la. Cerrei os punhos e disse entre os dentes:

— Quero ir embora.

— Meu Deus, Daniela, por quê? — quis saber Ana Célia. — Alguém lhe fez alguma coisa?

— Não... — balbuciei — ninguém me fez nada. Mas não quero mais ficar.

— Ora, Daniela — objetou Marcelo —, alguma coisa deve ter acontecido para deixar você assim desse jeito. E de repente...

Mas eu não queria ouvir nada. Precisava fugir dali o mais rápido possível, ou seria capaz de cometer uma loucura, o que acabaria por nos delatar. Saí correndo para o hotel e tranquei-me no quarto para chorar. Estava desiludida, frustrada e não queria acreditar. Aquilo não podia ser verdade. Daniel não podia estar me trocando por aquela lambisgoia.

Na praia, ninguém entendia o que acontecera comigo. Só Daniel.

— Mas o que foi que deu nela? — insistia Marcelo. — Será que foi alguma coisa que eu fiz?

— Marcelo — repreendeu Ana Célia —, você não a desrespeitou? Será que não tentou nada?

— Eu? Credo, Ana Célia, claro que não. Está certo que gosto de Daniela, mas jamais ousaria tocá-la.

— E você, Daniel, não diz nada?

Daniel lançou-lhes um olhar enigmático e retrucou:

— Deixem Daniela comigo.

— Você sabe o que aconteceu?

— Provavelmente, ciúme.

— Ciúme? Mas de quê, meu Deus?

— De você, Ana Célia.

— De mim? Por quê?

— Bem, desde que mamãe morreu, eu tenho sido a única pessoa na vida de Daniela. E depois, com a morte de papai, ficamos ainda mais sós, passei a cuidar de tudo sozinho, e ela tem medo de que eu me case e a abandone. Acho que, quando ela nos viu conversando, ficou com medo e reagiu dessa forma.

— Oh! — exclamou Ana Célia penalizada. — Mas que bobinha. Logo eu, que sou tão sua amiga e jamais pensaria em deixá-la sozinha.

— Eu sei, mas o ciúme é algo irracional.

— Talvez seja melhor falar com ela — sugeriu Marcelo.

— Vou lá... — acrescentou Ana Célia.

— Não, não — interveio Daniel. — Acho que é melhor eu ir. Afinal, somos irmãos e nossa ligação é muito forte. Não se preocupem, continuem na praia que, logo, logo, eu a trago de volta.

Minutos depois, escutei batidas na porta, fui abrir e Daniel entrou. Quando o vi, meu ódio aumentou, e voei no seu pescoço.

— Desgraçado! — berrava. — Por que fez isso comigo, por quê?

Daniel agarrou-me pelos punhos com força e fez-me sentar na cama.

— Acalme-se — disse. — Não é nada disso.

Eu não parava de chorar. Sentia-me traída, humilhada, e só queria ir embora dali. Carinhosamente, porém, ele colocou minha cabeça em seu peito e começou a alisar meus cabelos, como sempre fazia, enquanto eu me debulhava toda, agarrando-me a ele.

— Oh! Daniel, por quê? Eu o amo tanto! Não me faça sofrer.

— Psiu! Minha querida, tenha calma. Não é nada disso que você está pensando.

— Como não? Eu vi, Daniel, ninguém me contou.

— Mas o que foi que você viu?

— Aquela metida da Ana Célia toda derretida para você. E você... você... todo enrabichado!

— O que é isso, Daniela? Você entendeu tudo errado.

— Vai agora tentar me enganar que vocês não estavam flertando?

— Bem, sim... mas não do jeito como você está falando.

— E de que jeito, então?

— Daniela, pense bem. Ana Célia não sabe de nosso envolvimento e é natural que tente me conquistar. Somos amigos, estamos sempre juntos. E se eu a repelir, ela vai começar a desconfiar...

— Pare, Daniel. O que pensa que sou, alguma idiota? Posso ser louca por você, mas não sou burra. Por favor, não subestime a minha inteligência. Eu sei o que vi e sei que você e Ana Célia estavam flertando bem debaixo do meu nariz. Ela, tudo bem, não digo nada, porque não sabe de nosso amor. Mas você... você me deve fidelidade.

— Eu sei, minha querida, desculpe-me — falou vencido. — Você tem razão. Sei que errei e lhe peço perdão.

— Eu o mato, Daniel. Juro que, se você arranjar outra mulher, eu o mato e depois me mato. Vamos ambos viver no mesmo inferno.

— Daniela, que horror! Não diga isso nem brincando!

— Não estou brincando. Nunca falei mais sério em toda a minha vida. Eu jamais poderei suportar perdê-lo para outra. Prefiro vê-lo morto e a mim também. Ao menos no inferno poderemos nos amar sem restrições ou empecilhos.

Daniel saiu cabisbaixo. Eu sabia que ele acreditara em minhas palavras, e eu estava, realmente, falando sério. Se ele ousasse me abandonar, a vida não valeria mais a pena. Daniel me pertencia, só a mim, e ninguém mais o teria. O simples fato de imaginar outra mulher a beijá-lo ou tocá-lo me enlouquecia. Eu gostava muito de Ana Célia, ela era minha amiga. Mas jamais poderia permitir que ela me roubasse a única pessoa que eu fora capaz de amar no mundo.

CAPÍTULO CINCO

Voltamos para o Rio de Janeiro na tarde de domingo. Eu ia calada, procurando me esquivar das conversas. O carro era de Ana Célia, e eu me sentei no banco de trás, ao lado de Marcelo, enquanto Daniel ia ao lado dela, conversando e rindo, como se fossem namorados. Por vezes, passava a mão em seu cabelo, numa carícia disfarçada. Marcelo tentava puxar conversa, mas eu o evitava, fingindo dormir. Aliás, evitava tudo que não fosse meu adorado Daniel.

Quando chegamos, fui logo tratando de me despedir, alegando cansaço. Marcelo, porém, ainda insistia para que fôssemos a algum lugar.

— Ainda é cedo — disse. — Podemos pegar um cineminha.

— Obrigada, mas estou cansada — desculpei-me.

— Ora, Daniela — falava Ana Célia —, a viagem não foi assim tão cansativa. E você veio o tempo todo dormindo.

— Deixe, Ana Célia — interrompeu meu irmão. — Acho mesmo que Daniela não está se sentindo muito bem. Vamos fazer uma coisa: iremos para casa agora, e mais tarde, quem sabe, poderemos sair. Qualquer coisa, eu telefono.

— Bem, vocês é que sabem.

Quando entramos em casa, comecei a chorar. Não podia mais suportar aquilo. Estava claro que eu o estava perdendo, mas jamais poderia admitir. Jamais poderia aceitar, e muito menos permitir. Daniel chegou perto de mim e me abraçou, tentando me acalmar.

— Não chore, Daniela. Eu estou aqui, não estou?

Quanto mais ele falava, mais eu me apertava contra ele e chorava. Daniel, vendo que eu não conseguia conter o pranto, tomou-me nos braços e carregou-me para a cama. Ele sabia como me acalmar e me fazer sentir segura. Bastava me amar e me fazer sua mulher.

Naquela noite, não saímos. Preferimos permanecer em casa, abraçadinhos diante da TV. Daniel telefonou para Ana Célia e disse que não podíamos ir. Na manhã seguinte, quando nos encontramos na faculdade, Marcelo veio ao meu encontro e me beijou nas faces, perguntando delicadamente:

— E então, Daniela, como vai? Melhorou?

Olhei para Daniel, que sorriu, e respondi:

— Melhorei sim, Marcelo, obrigada.

— Você me deixou preocupado.

— Não precisava. Foi apenas um mal-estar passageiro, nada de mais.

— Não acha que devia ir ao médico?

— Não se preocupe, Marcelo — interveio Daniel. — Daniela já está melhor. Coisas de mulher, você entende...

Depois da aula, fui para casa, mas Daniel, a pretexto de passar na biblioteca para apanhar um livro, não foi comigo e só voltou à noite.

— Onde esteve? — perguntei, logo que o vi aparecer na porta.

Ele me encarou e respondeu de forma vaga:

— Por aí...

— Por aí onde?

— Fui dar uma volta.

— Uma volta? Mas onde?

— Pela praia.

— Sozinho?

— Com uns amigos.

— Que amigos? Eu conheço?

— Nossa, Daniela, por que esse interrogatório? Por acaso agora preciso de sua autorização para sair, é?

— Não... não é isso. É que você demorou, fiquei preocupada.

— Pois não devia. Não tem motivo. Sou grandinho e sei me cuidar.

Eu me levantei do sofá e fui para a cozinha, atrás dele, fingindo que ia beber água. Abri a geladeira e tornei a perguntar, tentando parecer casual:

— Ana Célia também foi?

— Por que quer saber?

— Não pode me dizer?

— Daniela, chega de perguntas. Não sou seu filho nem seu marido.

— É meu irmão...

— É isso mesmo, sou só seu irmão.

— ... e meu amante. Será que Ana Célia gostaria de saber disso?

Ele soltou a garrafa de refrigerante que segurava e me agarrou, sacudindo-me pelos ombros.

— Ficou louca, é? Quer estragar nossas vidas?

— Por quê? Por que não podemos dizer a ela, a todo mundo?

— Porque somos irmãos. Não entende que somos irmãos, e o que fazemos é incesto? Isso é crime.

— Não é não. Andei me informando e sei que não estamos cometendo nenhum crime. O que fazemos é antissocial, só isso.

— É errado, Daniela, e você sabe.
— Mas por quê? O que pode haver de errado no amor?
— No amor, nada. Mas o que fazemos não é amor.
— Não? E o que é? Sexo?
— Pare, Daniela, por favor. Vamos encerrar essa conversa.
— Você não me quer mais?
— Daniela, ouça, precisamos parar...
— Não me deseja mais?

Comecei a me despir, tão próxima a ele, que podia sentir seu hálito quente e sua respiração ofegante.

— Daniela, por favor...

Não lhe dei ouvidos. Completamente despida, eu me acerquei dele e comecei a acariciá-lo e beijá-lo. Eu conhecia o meu poder de sedução sobre ele, e era muito fácil fazer com que ele cedesse aos meus apelos sexuais. Assim, dali a poucos instantes, já estávamos nos amando loucamente, e toda aquela discussão havia sido deixada para trás.

Era sempre assim. Toda vez que um de nós cismava com alguma coisa ou iniciava uma briga, o sexo era a maneira mais fácil de resolver o assunto. No meu caso, o sexo vinha acompanhado de uma paixão cega e insana por meu irmão. Eu o adorava e, por mais que fosse viciada em sexo, seria capaz de viver sem ele, desde que ao lado de Daniel, para Daniel e por Daniel.

Mas ele não. Eu sabia que ele era atraído por minha sensualidade exacerbada e sem preconceitos. Eu o completava e o preenchia, e sabia satisfazê-lo como ninguém. Afinal, durante todos aqueles anos, eu me esmerara na arte de fazer sexo só para satisfazer os seus desejos. E era exatamente isso que o prendia a mim. Daniel não podia me deixar, não enquanto eu fosse a única a realizar todos os seus desejos e fantasias. Não que ele não me amasse. Eu tinha certeza de que ele gostava de mim. Só que o seu amor, a cada dia, ia se transformando, e eu, em meu íntimo, sentia isso e tinha medo. Medo de perdê-lo para um amor que fosse verdadeiro e livre, como poderia ser o de Ana Célia.

Na faculdade, Daniel procurava sempre estar junto de Ana Célia. Eles se sentavam um ao lado do outro, e fui perdendo meu lugar para ela. Sempre que entrávamos em sala, Daniel corria para onde ela estava, e passei a me sentar mais atrás, acabrunhada, até que, um dia, Marcelo me perguntou:

— Olhe, Daniela, não tenho nada com sua vida, mas você não acha estranho o modo como trata seu irmão?

— O que quer dizer? — retruquei desconfiada.

— Não sei. Mas você, de uns tempos para cá, anda muito esquisita. Basta ver Daniel com Ana Célia que...

— Cale a boca, Marcelo! — esbravejei. — Você não tem nada com a minha vida e não tem o direito de ficar fazendo insinuações.

Era a minha consciência que via acusações onde só existiam palavras.

— Ei, calma aí, menina — defendeu-se Marcelo. — Eu não estou insinuando nada. Apenas acho estranho esse seu modo de agir.

— Você não tem que achar nada. Daniel é problema meu, e eu sei muito bem resolver os meus problemas sozinha.

— Como assim? Agora, quem não entendeu nada fui eu.

— Melhor assim — e terminei a conversa, indo sentar-me em outro lugar, longe da companhia dos outros.

Eu estava me tornando cada vez mais arredia e comecei a me afastar das pessoas. Não queria conversar com ninguém e só me importava com Daniel. Todo dia brigávamos, porque eu o encostava na parede, indignada com a forma como ele tratava Ana Célia. Discutíamos, eu ameaçava me matar, e a briga sempre terminava do mesmo jeito: na cama.

Até que, um dia, não pude mais me conter. Era sábado, e eu resolvera aceitar o convite do pessoal para sair. Fomos a uma boate, Daniel e Ana Célia, como sempre, grudados feito dois apaixonados. Eu nunca havia presenciado nada entre eles e achava que nem estavam namorando. Mas tudo era questão de tempo. Logo que Daniel se desvencilhasse de mim, de meu ciúme, eu tinha certeza de que iria pedir para namorá-la, e eu precisava evitar isso a qualquer custo.

Estávamos todos dançando, até que vi Ana Célia cochichar alguma coisa no ouvido de meu irmão e se afastar, indo em direção ao banheiro. Mais que depressa, segui atrás dela e entrei no toalete, esperando que ela terminasse. Quando ela saiu, eu estava em frente ao espelho, passando batom nos lábios. Ela me olhou e sorriu, dizendo enquanto lavava as mãos:

— Daniela, estou muito feliz que tenha vindo.

— É mesmo? Por quê?

— Porque gosto de você e porque é minha amiga.

— Será?

— Será o quê? Não estou entendendo.

— Será que gosta mesmo de mim, Ana Célia? Ou será que gosta de Daniel?

— Bem, não vejo no que uma coisa impeça a outra. Posso gostar de você e gostar dele também. Vocês são irmãos, e não vejo mal nenhum em gostar dos dois.

— Quer dizer então que gosta mesmo dele?

— Sim, por quê? Isso a incomoda?

— Um pouco.

— Por quê?

Eu não respondi. Tinha vontade de contar-lhe toda a verdade, deixá-la bem horrorizada para que ela o deixasse, mas temia a reação de Daniel, temia perdê-lo para sempre. Em vez disso, peguei a sua mão e saí puxando-a para fora, procurando meu irmão.

Ele estava sentado à mesa com o resto da turma, e nós nos dirigimos para lá. No caminho, eu ia pensando na melhor forma de afastar Ana Célia de Daniel, e uma ideia me ocorreu.

Quem sabe não seria melhor fazer o jogo dele? Talvez ele estivesse se afastando de mim porque já estivesse enjoado. Os homens não gostavam de mulher *chiclete*, e eu, de uns tempos para cá, estava tolhendo demais a liberdade de Daniel, sufocando-o com meu ciúme e meu sentimento de posse. Talvez ele só precisasse de um tempo para experimentar novas conquistas e depois voltasse para mim. Ou talvez estivesse confiante demais no meu amor e não imaginasse que eu pudesse trocá-lo por outro.

Quando chegamos junto deles, lancei para Daniel um olhar de tristeza e mágoa, mas não disse nada. Aproximei-me de Marcelo e perguntei se ele não queria dançar, e ele aceitou todo feliz. Estavam tocando uma música lenta, e encostei minha cabeça em seu ombro, procurando Daniel com os olhos. Ele estava perto de nós, dançando com Ana Célia, e lançou-me um olhar indefinível. Seria alívio? Contentamento? Ciúmes? Só o tempo poderia dizer. De toda sorte, a semente estava lançada, e eu só tinha que esperar para ver de que lado ela cresceria: se do lado do sol ou da sombra.

CAPÍTULO SEIS

Marcelo tocou a campainha de nossa casa, e Daniel atendeu. Já fazia um mês que estávamos saindo, e ele fora me apanhar para irmos ao teatro.

— Oi, Daniel — cumprimentou ele.

— Oi, Marcelo. Tudo bem?

— Tudo. Daniela já está pronta?

— Está saindo do banho, mas não deve demorar. Quer beber alguma coisa? Uma cerveja, um refrigerante?

— Uma cervejinha cairia bem.

Daniel levou Marcelo para a cozinha e colocou a cerveja nos copos, indicando-lhe uma cadeira. Marcelo se sentou, e meu irmão foi logo dizendo:

— Estou muito feliz que você e Daniela estejam se entendendo.

— Eu também. Gosto muito de sua irmã, você sabe.

— Sim, eu sei, e ela também gosta muito de você.

— Não precisa fingir, Daniel. Sei que Daniela não me dá muita importância.

— Ora, mas o que é isso? Então não estão saindo juntos?

— Mas isso não tem nada a ver. Aliás, foi até bom você tocar no assunto. Queria mesmo falar com você sobre isso.

— O que é?

— Lembra-se daquela vez, quando você contou sobre a morte de sua mãe e de como Daniela se sentia sobre perder você?

— Lembro. O que tem?

— Pois é. Eu estive pensando e... bem... não é fácil...

— Pelo amor de Deus, homem, desembuche logo!

— Daniel, quero que me perdoe pelo que vou lhe dizer, mas...

— Mas o quê?

— Bem, fico meio sem jeito.

— Vamos, Marcelo, pare com isso. Então não nos conhecemos há bastante tempo? Pode confiar em mim. Fale, ande.

— Bem, é que.... não sei não, mas acho que Daniela desenvolveu uma estranha obsessão por você.

Daniel ficou estarrecido, com medo de que Marcelo tivesse descoberto toda a verdade. Escolhendo bem as palavras, retrucou acabrunhado:

— Por que diz isso?

— Não sei. O jeito como ela olha para você, o modo como fala de você. É estranho.

— Ora, Marcelo, acho que você está imaginando coisas. Já disse que Daniela tem medo de me perder e de ficar só...

— Mas não é só isso. Ela tem medo de perdê-lo, sim, mas não é medo de ficar só. É medo de ficar sem você, de perder você para outra mulher.

— Então? Não foi isso o que eu disse? Daniela tem medo de que eu me case e a abandone.

— É, mas não porque ficará só, sem ninguém. Ela tem medo é de ficar longe de você. Tem medo de que você dedique seu afeto a outra pessoa. Você não entende?

Daniel entendia muito bem, mas não podia deixar transparecer e, então, fazia-se de tolo e desentendido.

— Ouça, Marcelo, não entendo o que quer dizer. Daniela tem medo de me perder, sou a única pessoa que ela tem. Mas isso vai passar com o tempo. Até você pode ajudar.

— Eu bem que gostaria, mas não creio que possa.

— Mas não estão saindo?

— Estamos, mas isso não quer dizer nada.

— Ora, se saem juntos, alguma coisa deve haver entre vocês. Não estão namorando?

— Não, ela não quer.

— Mas então...

— Ela passa o tempo todo falando em você. Conta as suas aventuras de infância, seus tempos de colégio, como eram unidos e tudo o mais.

— Meu Deus!

— Pois é. Por isso é que lhe digo: Daniela sente uma estranha obsessão por você. Isso não é normal, e talvez ela precise de ajuda.

— Que tipo de ajuda?

— Um médico, sei lá.

— Psiquiatra?

— Talvez.

Nesse momento, entrei na cozinha. Escutara parte da conversa, e ela não me agradara em nada. Eu estava sendo imprudente e quase me delatara. E depois, nem podia ouvir falar em psiquiatra.

Como quem não quer nada, estalei um beijo na testa de Marcelo e indaguei:

— E aí, Marcelo, tudo bem?

— Tudo bem. Está pronta?

— Estou. Só falta pegar a minha bolsa — voltei para o quarto, apanhei a bolsa e chamei: — Vamos?

Marcelo se levantou e saímos. No caminho para o teatro, indaguei, tentando aparentar naturalidade:

— Sobre o que vocês falavam?

— Hum? O que disse?

— Perguntei sobre o que você e Daniel falavam.

— Nada de mais. Por quê?

— Por nada. Curiosidade.

A sessão terminou por volta das dez horas, e nós já estávamos voltando para casa. Parados no sinal, segurei a mão que Marcelo tinha pousada sobre o volante e convidei com voz melosa:

— Por que não vamos até a praia?

Ele me olhou surpreso e respondeu:

— Para quê?

— Para ficarmos um pouco a sós.

— Tem certeza?

— É claro que tenho.

Ele guiou o carro até a praia e parou, e nós ficamos olhando o mar. Estava uma bonita noite de luar, e ficamos ali parados, admirando aquela beleza, até que Marcelo começou a dizer:

— Daniela, eu...

— Sim, o que foi?

— Sabe que gosto de você, não sabe?

Eu suspirei e respondi:

— Sei, sim.

Fiquei olhando para ele, os lábios entreabertos convidando-o para o beijo. Marcelo, apaixonado, começou a me beijar, e logo suas mãos começaram a deslizar pelo meu corpo. Eu me deixei acariciar e confesso que estava até gostando, e foi então que sugeri:

— Por que não vamos para outro lugar?

— Para onde quer ir?

— Você é quem sabe. Para onde quiser.

— Qualquer lugar?

— Qualquer lugar.

Ele me olhou em dúvida e ligou o motor, seguindo em direção à Barra da Tijuca. Ao chegar perto de um motel, diminuiu a marcha, apontou para ele e perguntou:

— Que tal ali?

— Por mim, tudo bem.

— Daniela, tem certeza de que é isso o que quer?

— Mas o que há com você, Marcelo? Por acaso tem medo de mulher, é?

— Não é isso, é que você...

— É que eu...

— É que você me parece tão jovem e inexperiente...

Eu não o deixei concluir. Soltei estrondosa gargalhada e acrescentei irônica:

— Inexperiente, eu? Espere só para ver.

— Quer dizer então que...

— Escute, Marcelo, por que nunca termina as frases que começa?

— Bem, é que estou confuso e...

— Mas confuso com o quê? Por acaso pensou que eu fosse virgem, é?

— Bem... sim, confesso que pensei sim. Afinal, nunca a vi com nenhum namorado.

— Era só o que me faltava. E daí? Está decepcionado?

Ele não respondeu e me olhou magoado. Marcelo era um rapaz direito e pensou que eu fosse uma moça honesta, ao menos para os padrões da época. Depois de alguns segundos, respondeu:

— Não sei, Daniela. Acho que estou surpreso. Não esperava essa revelação.

— Olhe, Marcelo, se não me quer, tudo bem. Dê a volta com o carro e me leve para casa.

— Eu não disse isso.

— Então qual é o problema? Não pode me aceitar do jeito que sou?

— Eu a amo, Daniela.

— E daí?

— E daí que gostaria que você fosse só minha.

— Gostaria que eu fosse virgem? Queria ser o primeiro, só para poder ter o prazer e o orgulho de dizer que me deflorou?

— Não se trata disso. Como disse, fiquei surpreso, foi só.

— Mas você me quer ou não?

— É claro que quero.

— Então, o que estamos esperando? Vamos ou não vamos para o motel?

Ele acelerou o carro e entrou. Eu estava louca por aquilo. Fazia já algum tempo que Daniel não me procurava, e eu não aguentava mais. Era como uma necessidade. Não podia mais prescindir do sexo e mal podia esperar para me entregar a Marcelo. Quando aconteceu, porém, a imagem de Daniel não me saía da cabeça, e eu me imaginei transando com ele, em lugar de Marcelo.

Mesmo assim, senti imenso prazer nos braços dele. Ao contrário de Daniel, impetuoso e arrebatador, Marcelo era mais carinhoso e comedido, e me tratou feito uma princesa. Gostei muito, mas não pude me conter e comecei a fazer coisas que o deliciaram e o chocaram. Sei que minhas práticas sexuais não eram das mais convencionais, mas era o que sabia fazer. Mesmo assim, dei-lhe muito prazer, um prazer que ele talvez só pudesse imaginar sentir no leito das prostitutas. Sim, porque, quando se tratava das coisas do sexo, eu agia como uma rameira, completamente despida de pudores ou censuras, e isso o assustou.

Quando terminamos, ele me deu um rápido beijo, olhou para o teto e perguntou:

— Onde aprendeu a fazer isso?

— O quê?

— Você sabe, essas coisas.

— Por quê? Não gostou?

— Não é isso, é que fiquei surpreso.

— Surpreso com o quê?

— Não sei, com seus métodos.

— Eu o deixei chocado, não foi?

— Confesso que um pouco. Não estou acostumado a esse tipo de amor selvagem — riu e me abraçou. — Ainda mais com uma moça feito você.

— E daí? O que tem eu? Só porque pensou que eu fosse virgem, não pode aceitar que sou experiente, livre e sem preconceitos? Gosto de transar e acho que, entre quatro paredes, não deveria haver censuras.

— Tem razão — calou-se e, depois de algum tempo, acrescentou: — Posso lhe fazer uma pergunta pessoal?

— Pode.

— Quem foi o primeiro?

Eu não esperava por aquilo e fiquei confusa. No entanto, logo me recompus e respondi:

— Um cara lá da minha terra.

— E quantos anos tinha?

— Sei lá, uns treze. Por quê? Faz diferença?

— Não, não faz. É que, tão novinha...

— Mas e daí, meu Deus? Desde quando precisa ser velha para conhecer o amor? Você está é com preconceito.

— Não é isso, não me entenda mal. É que eu apenas fiquei curioso. Você se entregou tão cedo, numa idade em que as meninas ainda são muito bobinhas. Não é comum.

— Meu bem, se há uma coisa que nunca fui é bobinha. Sempre soube muito bem o que queria.

— Dá para perceber. E seus pais? Não sabiam?

Eu estremeci e respondi:

— Claro que não. Já imaginou? Venho de uma cidade pequena, e eles jamais iriam aceitar.

— E Daniel?

— O que tem ele?

— Ele sabe?

Eu pensei durante alguns minutos e falei, estudando bem as palavras:

— Daniel é diferente. É meu irmão e meu amigo, e sempre esteve do meu lado. Agora pare com essas perguntas e venha cá.

Eu o puxei para mim e o beijei, para terminar com aquela conversa que não estava me agradando em nada, e nós nos amamos de novo. Ele estava apaixonado, e nada do que eu dissesse ou fizesse poderia destruir o desejo que sentia por mim.

CAPÍTULO SETE

Daniel chegou em casa já passava das dez horas, e eu estava deitada no sofá da sala, vendo televisão e comendo pipoca. Havia parado de chateá-lo, na esperança de que ele estranhasse a minha indiferença e voltasse a me procurar. Mas, em vez disso, ele passou a me tratar com certa distância, como se fôssemos mesmo irmãos, e aquilo me doía imensamente. Eu sofria em silêncio, porque jurara a mim mesma que iria tentar reconquistá-lo sem forçar a barra e sem fazer escândalos ou dar vexames. Embora meu romance com Marcelo estivesse até indo bem, a verdade é que ele só me servia sexualmente, mas não havia nenhum sentimento mais profundo que me ligasse a ele. Não como o que sentia por Daniel. Eu gostava dele, mas o que sentia por Daniel era inigualável e insuperável.

Vendo-me deitada, ele se aproximou de mim e fez algo que havia muito não fazia. Levantou minha cabeça e sentou-se no sofá, pousando-a sobre seu colo. Eu me emocionei e cheguei a derramar algumas lágrimas, que ele não percebeu.

— Daniela — começou a dizer com voz melíflua —, há algo que gostaria de lhe dizer.

— O que é? — respondi eu, mal contendo a ansiedade.

Em minha inocência, achava que ele iria me dizer que havia terminado tudo com Ana Célia e me pediria perdão, implorando para voltar para mim. Contudo, qual não foi minha surpresa quando ele falou:

— Gostaria que soubesse que Ana Célia e eu resolvemos nos casar. Daremos uma festa de noivado daqui a quinze dias.

Fiquei mortificada. Aquilo não podia estar acontecendo, não podia ser verdade. Furiosa, levantei-me e desferi violento tapa no rosto de meu irmão, ao mesmo tempo em que rugia entre os dentes:

— Seu cafajeste! Como se atreve? Você não pode fazer isso comigo, não pode! Você me pertence, é meu. Eu fiz de você um homem!

— Daniela, pare com isso. Assim você só vai piorar as coisas. Ana Célia e eu nos amamos.

— Eu também o amo! E muito mais do que aquela magricela.

— Não fale assim, ela é sua amiga.

— Amiga? Bem se vê o quanto é minha amiga! Mas eu não vou deixar que ela tome você de mim, está ouvindo? Nem que para isso eu tenha que matá-lo.

— Não diga bobagens, menina. Você não vai matar ninguém.

— Ah, não? Então experimente me abandonar.

— Mas eu não vou abandoná-la. Vou apenas me casar.

— Dá no mesmo. Por acaso vai continuar me encontrando depois que se casarem?

— Isso é um absurdo!

— Claro que não. Eu não me importo. Não ligo de ser sua amante, desde que você não me deixe.

— Está louca.

— Daniel, por favor — supliquei amargurada —, não faça isso. Não posso viver sem você.

— Mas agora você tem o Marcelo.

— Marcelo é apenas um caso. Eu não o amo. Só estou com ele por causa do sexo e para fazer ciúmes a você.

— Ciúmes? Ficou doida? Pois se eu estou até feliz por vocês...

— Não diga isso.

— É verdade. E torço para que vocês sejam felizes.

— Mas eu não posso ser feliz ao lado de nenhum outro homem que não seja você.

— Daniela, caia na real. Nós somos irmãos, não podemos viver juntos.

— Não vivemos até agora? Não temos sido felizes?

— Isso foi antes.

— Antes de quê? De virmos para cá? De você conhecer Ana Célia?

— Não. Antes de eu acordar para a realidade e compreender que o que fazemos não é certo.

— Por quê? O que pode haver de errado no amor?

— Aí é que está, Daniela. Eu não a amo mais. Não desse jeito.

Eu fiquei mortificada. O pior acontecera: Daniel deixara de me amar. Podia aceitar que ele quisesse outras moças, até que ansiasse levar uma vida normal, com mulher e filhos. Mas nunca que deixasse de me amar. Por isso, eu até me sujeitaria a ser sua amante, desde que ele continuasse me amando e transando comigo.

— Não acredito em você — tornei, magoada. — Não acredito. Está mentindo só para me punir.

— Pelo amor de Deus, Daniela, por que eu faria isso?

— Por causa de Marcelo. Só para me castigar, porque eu estou dormindo com ele.

— Daniela, não diga besteiras. Não é nada disso.

— É sim! Mas não precisa. Eu não amo Marcelo. É você que amo, e mais ninguém. E você também me ama.

— Não. Está enganada.

— E o meu corpo? Não deseja mais o meu corpo? Ana Célia sabe fazer o que faço com você?

Comecei a acariciá-lo, como só eu sabia fazer. A princípio, ele tirou a minha mão e se afastou de mim, o suor já escorrendo de sua testa.

— Pare com isso, Daniela — implorou. Sim, ele estava implorando, porque sabia que não poderia resistir.

— Ora, meu querido, o que é isso? Há muito tempo que não transamos. Deve estar sentindo a minha falta, não é mesmo? Por que não transamos agora?

— Não, não quero.

— Será que não? Será que Ana Célia o satisfaz tanto quanto eu?

— Ana Célia ainda é virgem...

— Oh! mas que pena! Pobrezinho de você. Deve estar louco por sexo. Logo você, que sempre foi tão ativo.

Enquanto falava, eu o ia acariciando e beijando, até que tirei toda a sua roupa e não parava de tocá-lo. Ele, já enfraquecido, ainda tentou um último apelo:

— Por favor, Daniela, não faça isso.

Como sempre, não lhe dei ouvidos. E ele, espírito fraco, não teve forças para me repelir e novamente se entregou ao meu amor. Naquela noite, nós nos amamos feito dois animais. Ele, tanto quanto eu, ansiava por aquilo, e eu podia ver o quanto de prazer ele sentia. Desde que começáramos nosso romance, não ficávamos mais do que três dias sem nos amarmos. Mas agora, fazia já alguns meses que nem nos tocávamos, e quando o fizemos, foi como se nossos corpos estivessem eletrizados, e eu me dei conta de que Daniel havia sido feito para mim, assim como eu havia sido feita para ele.

Depois de tudo terminado, ele afundou o rosto no travesseiro e começou a chorar. Não entendi muito bem aquilo, mas abracei-o bem apertado e indaguei carinhosa:

— O que foi, meu querido, o que aconteceu? Não foi bom?

— Oh! Daniela, Daniela! Não posso mais. Sinto que vamos nos destruir. Eu não a amo mais, mas não posso ficar sem o seu corpo. Você é como um vício, uma erva daninha que vai se infiltrando e minando todas as minhas forças. Quando estou com você, só penso em sexo, sexo, e nada mais. Mas eu não a amo. Amor mesmo, de verdade, é o que sinto por Ana Célia. Você é como uma cadelinha no cio...

Eu o soltei furiosa e indignada. Como podia ele, depois de tudo o que fizéramos, depois de uma noite inteirinha de amor, humilhar-me como se eu fosse uma prostituta? Coberta de revolta e ódio, reagi com furor:

— Você é que é um animal, Daniel! Por que não pensou nisso antes de transar comigo? Onde estava sua consciência quando estava dentro de mim? Onde estava o seu amor por Ana Célia quando suas mãos deslizavam pelo meu corpo e sua boca buscava a minha? Hein? Responda-me! Ou será que não pode? Não pode porque é um fraco, porque precisa de mim e não é homem suficiente para admitir isso. Você não é homem, Daniel, não sem mim.

— Sua cadela!

Daniel partiu para cima de mim, tentando apertar minha garganta. Eu comecei a me debater e a chutá-lo, até que ele me largou e correu porta afora, deixando-me ali, arfante, a soluçar.

Dali ele partiu correndo para a casa de Ana Célia. Daniel enlouquecera, sabia que precisava contar tudo a ela, ainda que isso significasse o fim daquele romance. Estava roído pela culpa, não só por haver transado comigo novamente, mas também porque sabia que não podia prescindir do meu sexo, o que ele considerava uma traição para com sua noiva.

Já era quase de manhãzinha, e ele ficou esperando que Ana Célia despertasse. Por volta das sete horas, tocou a campainha e a criada abriu, conduzindo-o para a sala, onde a família tomava o café da manhã. Já era quase hora de ir para a faculdade e Ana Célia pensou que ele havia passado ali para acompanhá-la. Ele estava cabisbaixo, quase não falava. Ao entrarem no carro, ele tomou a direção oposta à faculdade, e Ana Célia indagou:

— Para onde está indo, Daniel?

— Precisamos conversar.

— Mas agora? Não pode esperar até a aula terminar?

— Não, não posso. É importante.

Ela não disse nada e esperou, até que ele parou o carro no Alto da Boa Vista. Ao menos ali podiam conversar sem serem vistos. O lugar era pouco frequentado, e a chance de encontrarem algum conhecido era bastante remota.

— Muito bem — disse ela, logo que ele estacionou. — Que assunto é esse, tão urgente, que não pode esperar e que nos trouxe aqui?

Ele a encarou e, com lágrimas nos olhos, começou a dizer:

— Ana Célia, sabe que a amo, não é mesmo? — Ela assentiu. — Você não duvida disso, duvida?

— Não, não duvido. Mas por que isso agora?

— Porque o que vou lhe contar é extremamente grave, mas é exatamente porque a amo tanto que tenho que lhe contar.

— Nossa, Daniel, está me assustando! Fale logo.

— Antes, tem que me prometer que irá tentar compreender e me perdoar.

— Perdoar? Por quê? Daniel, não vá me dizer que andou me traindo.

— Mais ou menos.

— Como assim? Foi com alguma vadia? Se foi, não precisa se preocupar. Sei como são essas coisas. Afinal, ainda não somos casados, e você é homem...

— Não é isso.

— Não? Mas o que é, então? Vamos, Daniel, fale. Com quem andou transando? Por acaso eu a conheço?

— Conhece.

— É alguém da faculdade?

— É...

— Pelo amor de Deus, Daniel, fale de uma vez.

— Não posso!

— Ah! Pode sim. Se veio aqui para me contar, é exatamente o que vai fazer. Não pense que vou embora sem saber quem é. Vamos, conte logo ou nunca mais volto a falar com você.

— Foi com... com...

— Com quem, meu Deus?

Ele se encheu de coragem e confessou:

— Com... com... Daniela!

Ana Célia olhou-o incrédula. Aquilo era demais para ela. Ele só podia estar brincando.

— Como é que é? Será que ouvi direito?

— Sim — respondeu ele com voz sumida. — Você ouviu muito bem.

— Você disse que transou com Daniela? Sua irmã?

— Disse.

— Você só pode estar brincando. Mas é uma brincadeira de muito mau gosto, ouviu? É até pecado inventar uma coisa dessas. Deixe de onda e conte logo de uma vez com quem andou dormindo!

— Já disse, com minha irmã.

— Você não pode estar falando sério.

— Nunca falei mais sério em toda a minha vida. É verdade, Ana Célia, acredite. Eu jamais brincaria com uma coisa assim.

Daniel estava envergonhado. Aquilo era uma indignidade, ele sabia, mas não podia mais esconder. Aos poucos recobrando o ânimo, contou tudo o que acontecera entre nós, desde quando começamos nosso caso, ainda meninos, até aquela última noite. Mas estava arrependido e queria livrar-se daquela maldição. Ana Célia, porém, impregnada por tantos preconceitos, retrucou com desdém:

— Daniel, o que você está dizendo é asqueroso, é repugnante. Como pôde ter coragem de praticar uma infâmia dessas? Incesto? É isso o que vocês são: dois incestuosos nojentos! Tenho nojo de você. Como pôde beijar-me, tocar-me com essas mãos conspurcadas pelo sexo de sua própria irmã?!

— Por favor, Ana Célia, tente compreender.

— Compreender o quê? Que vocês são dois animais? Só os animais fazem sexo com suas irmãs, porque não têm a menor noção de moral. Mas seres humanos não. Onde está sua moral cristã, sua moral de homem digno e honesto? O que vocês fizeram foi imoral, indecente, e não posso perdoar tamanha obscenidade!

— Ana Célia, não é bem assim. Nós não planejamos nada disso. Simplesmente aconteceu.

— Simplesmente aconteceu? Mas como? Acha isso normal?

— Normal, não acho. Mas não é tão repugnante como você faz parecer. Afinal, somos um homem e uma mulher, e o desejo surgiu em nós de forma espontânea e natural.

— Os laços de sangue devem falar mais alto do que qualquer desejo e são um obstáculo intransponível ao amor carnal!

— Mas Ana Célia...

— Não, Daniel, não diga mais nada. Não quero ouvir nem mais uma palavra dessa infâmia. Agora leve-me de volta. Não quero vê-lo nunca mais.

— Ana Célia, não faça isso! Por favor, perdoe-me. Não posso viver sem você. Eu a amo muito e estou arrependido do que fiz.

— Não, você pecou, e seu pecado não merece perdão. Você e sua irmã... Aquela fingida. Agora compreendo.

— Por favor, não a julgue mal.

— Oh! não, eu a estou julgando muito bem. Ela é um exemplo de virtude, não é mesmo? Eu é que não presto, porque me interpus entre vocês dois.

— Ana Célia, não é nada disso. Você está entendendo tudo errado.

— Quem entendeu tudo errado foi você. Onde já se viu?

— Por favor, Ana Célia, me dê mais uma chance. Prometo que isso nunca mais vai acontecer. Nem vou mais voltar para casa. Vou pedir ao Marcelo para ir lá e pegar minhas coisas e prometo nunca mais tornar a vê-la.

— Não, Daniel, não posso perdoá-lo. O que vocês fizeram não merece perdão. Nem Deus irá livrá-los de um castigo impiedoso, e vocês irão queimar no fogo do inferno.

— Você está sendo muito severa. Por acaso deixou de me amar?

Ela hesitou e respondeu:

— Bem... não... não posso dizer que deixei de amá-lo de uma hora para outra.

— Então? Por que não me dá mais uma chance? Afinal, não cometi nenhum crime. Não matei ninguém.

— Seria mais fácil entender um crime do que essa imoralidade. Às vezes, mata-se por desespero e depois se arrepende. Mas incesto? É repulsivo.

— Mas eu também estou arrependido. Por favor, Ana Célia, estou lhe implorando. Afinal, fui sincero com você, não fui? Podia não ter lhe falado nada, e você nunca ficaria sabendo.

— Duvido. Do jeito como Daniela estava enciumada, ela mesma acabaria me contando.

— Mas eu contei primeiro. E fiz isso porque a amo e porque quero que nossa relação seja a mais sincera e verdadeira possível.

— Hum... não sei não, Daniel. O que você fez é muito grave.

— Eu sei e é exatamente por isso que estou lhe pedindo perdão. Será que não pode nem ao menos pensar? Por favor...

Ana Célia fez um ar de mistério nada casual, mas que deixou Daniel apavorado. Ao final de alguns minutos de silêncio, em que ela parecia pensar, retrucou incisiva:

— Está certo, Daniel. Em nome de nosso amor, prometo pensar. Mas não posso garantir que vou perdoá-lo.

Daniel saiu dali cheio de esperanças. Amava Ana Célia e não queria perdê-la. E ela, a despeito de toda a sua incompreensão, acabou por perdoá-lo, com a condição de que ele nunca mais voltasse a me ver.

CAPÍTULO OITO

Daquele dia em diante, Daniel não voltou mais para casa. Conforme prometera a Ana Célia, Marcelo foi buscar suas coisas, e ele alugou um apartamento só para ele, bem longe de mim, sem nem sequer me deixar o endereço. Marcelo chegou meio sem jeito, não sabia o que havia acontecido. Daniel dissera-lhe que nós havíamos brigado, mas não esclareceu o motivo, insinuando que eu estava me intrometendo demais na sua vida. Marcelo era bom amigo e não fez perguntas.

Logo que abri a porta do meu apartamento e ele me viu, soltou uma exclamação. Meu estado era lastimável, e ele se assustou. Eu estava cheia de olheiras e tropeçava toda vez que tentava me levantar, de tão alcoolizada. A princípio, não entendeu bem o que estava se passando. Afinal, uma briga entre irmãos não era motivo para tudo aquilo.

Ele me abraçou e me conduziu para o banheiro. Despiu-me, banhou-me e me deitou na cama. Em seguida, foi para a cozinha fazer café e, quando voltou, a xícara fumegando em suas mãos, eu estava chorando copiosamente. Quando senti sua proximidade, talvez movida pela carência ou pelo vício, não sei bem, tentei abraçá-lo e puxá-lo para mim. Mas ele recusou delicadamente, beijando-me apenas com carinho, sem desejo. Aí então eu desabei. Estava arrasada. Calmamente, ele acariciou meus cabelos e forçou-me a beber o café, o que acabou por me revigorar um pouco. Em seguida, perguntou, olhar sério:

— Muito bem, Daniela, não quer me contar o que realmente aconteceu?

Olhei para ele e recomecei a chorar, dando murros na cama. Com voz sofrida, respondi:

— Oh! Marcelo, foi a Ana Célia. Ela me envenenou com Daniel, e agora ele se foi...

— É mentira, Daniela, eu sei que é.

— Não é não. Ana Célia me odeia, é verdade.

— Pensa que sou algum idiota cego?

— O que quer dizer?

— Quero dizer que não sou tolo nem ingênuo. Sei muito bem o que andou acontecendo por aqui.

— E o que foi?

— Olhe, Daniela, não quero que pense que eu a estou julgando ou condenando. Não é nada disso. Mas creio que você e Daniel enveredaram por um caminho deveras espinhoso.

— Por quê?

— Quer que diga a verdade?

— Por favor...

— Algo me diz que você e Daniel... bem, que você e Daniel andaram... que vocês tiveram algum tipo de... relação.

Eu desmoronei de vez. Apesar do amor, ou melhor, da obsessão que sentia por Daniel, a vergonha de haver sido descoberta me desconcertou, e não pude suportar. Só conseguia chorar e chorar, e me agarrei a Marcelo como se ele fosse alguma espécie de tábua de salvação. Não tinha coragem para encará-lo e fiquei ali, agarrada ao seu pescoço, derramando lágrimas sentidas sobre ele. Pensei que ele fosse fazer algum tipo de comentário maldoso ou me recriminar, mas, em vez disso, ele me abraçou bem forte, e era como se aquele abraço tirasse de mim o peso de todos aqueles anos em que nos entregáramos àquele amor ilícito e destrutivo. Ao final de alguns minutos eu já estava mais calma e consegui conversar com ele:

— Marcelo, eu... não sei o que dizer.

— Então não diga nada.

— Como você descobriu? Daniel lhe contou?

— Não, e nem precisava. Eu mesmo percebi tudo.

— Como?

— Pelo jeito como se olhavam, pela maneira como se falavam, principalmente pelo modo como você o tratava. A princípio, julguei que fosse apenas um amor platônico e não imaginei que Daniel estivesse envolvido. Parecia-me que apenas você o desejava. Mas depois de hoje, depois do que vi aqui, do seu estado, das meias palavras de Daniel, não tive mais dúvidas. Não só você o ama, mas também já mantiveram intensa relação amorosa e sexual. Não estou certo?

Abaixei a cabeça e respondi, quase num sussurro:

— Está. Oh! Marcelo, mas o que posso fazer? Sei que é errado, mas não pude evitar, não pudemos evitar. Tudo começou quando ainda éramos meninos e, desde então, não paramos mais. Mas agora, depois que Daniel conheceu Ana Célia, passou a me evitar, e nós acabamos brigando. Ele me disse coisas terríveis. Falou que não me amava e que eu só servia para o sexo.

— Provavelmente, ele disse isso na hora da raiva.

— Não, não. Ele falou sério. Enquanto não havia mais ninguém, eu servia, mas agora sou um traste velho e usado, e ele não me quer mais.

— Daniela, pense bem. Vocês são irmãos. Que futuro poderiam ter juntos? Daniel só está tentando ter uma vida normal.

— Não posso aceitar. Quando começamos nosso romance, pensei que fosse durar para sempre. Éramos mais do que amantes; éramos cúmplices, e essa cumplicidade, na vergonha e na ilicitude, serviria para nos manter unidos para o resto de nossas vidas. Era como um pacto. Jamais poderia supor que um dia Daniel fosse me trair, rompendo nosso pacto, e me abandonar. Não é justo. Ele me pertence, e eu pertenço a ele. Temos o mesmo sangue, dividimos o mesmo útero, temos a mesma alma.

— Daniela, isso que você diz é um absurdo. Vocês podem dividir muitas coisas, mas nunca a mesma alma. A alma é única, e cada ser humano possui a sua, pela qual é responsável.

— Será? Não seremos, Daniel e eu, parte do mesmo demônio?

— Não diga uma bobagem dessas. Demônios não existem e são criação de nossas mentes fantasiosas.

— No entanto, se você acredita em Deus, deve concordar que nós estamos condenados ao fogo do inferno.

— É exatamente por acreditar em Deus que não posso aceitar a condenação de seus filhos a uma punição eterna. Deus é a bondade suprema e jamais consentiria que as suas criaturas padecessem para sempre em agonia. Se assim o fizesse, sua bondade não seria verdadeira, e ele nada mais seria do que um implacável vingador, pronto a executar os espíritos em queda, sem qualquer oportunidade de arrependimento ou perdão.

Olhei para Marcelo profundamente admirada. Nunca o havia ouvido dizer aquelas palavras, e aquilo me impressionou. Estranhamente, comecei a me sentir mais calma e reconfortada, como se o meu pecado não fosse assim dos mais terríveis, como se ainda houvesse algum tipo de salvação. Estava emocionada e retruquei com voz embargada:

— Marcelo, eu nunca o vi falar assim. O que você é? Alguma espécie de padre?

— Não, minha querida — respondeu ele sorrindo. — Eu sou apenas alguém que, de tanto procurar, acabou encontrando um pouco de conforto, não só para minhas dores, mas também para as dores do mundo.

— E que conforto é esse?

— É o espiritismo.

— Ah! Não, Marcelo, essa não. Mas logo você, um rapaz inteligente, se deixar levar por essas crendices?

— Não são crendices. São verdades irrefutáveis e de profunda beleza, que só um espírito de grande sabedoria seria capaz de ensinar.

— E que espírito seria esse?

— Na verdade, são muitos espíritos que, de boa vontade, se dispuseram a nos ensinar a compreender nossos processos de amadurecimento, transformando-os em sábias lições para o futuro.

— Tudo muito bonito, mas não entendo qual a utilidade prática.

— Por que não vem comigo ao centro espírita que frequento?

Pensei durante alguns segundos, até que respondi com outra pergunta:

— Isso me trará Daniel de volta?

Ele me olhou profundamente penalizado e respondeu:

— Não, Daniela, isso lhe trará conforto espiritual.

— Então não, Marcelo, obrigada. Sei que suas intenções são boas, mas não é disso que preciso.

— Tem certeza? De que precisa então?

— De Daniel.

— Isso é loucura. Daniel é proibido para você.

— Diz isso só porque está com ciúmes.

— Engana-se, minha querida. Não sinto ciúmes de seu irmão, mas sim pena. Pena de vocês dois.

— Será? Não se sentiu traído por eu estar dormindo com você e com ele?

— A quem pensa que enganou? A mim? Não, minha cara, enganou a você mesma. Confesso que, logo que me dei conta da situação, senti não ciúme, mas um certo desgosto. Afinal, eu a amo e pensei que você também gostasse de mim.

— Mas eu gosto de você.

— Sim, mas não do jeito que eu imaginava. Enfim, pensei que você gostasse um pouco mais de mim e fiquei um pouco frustrado, sim. Mas eu a amo muito e estou disposto a fazer tudo o que estiver ao meu alcance, não para tê-la ao meu lado, mas para curá-la dessa obsessão doentia.

— Por quê?

— Já disse, porque a amo e quero ver você bem e feliz, livre dessa prisão em que você se atirou.

— Marcelo, você é um bom rapaz, inteligente e honesto. Não merece uma moça feito eu. Já estou perdida e não posso mais resgatar minha honra.

— A honra de uma pessoa não está em seu sexo, mas em seu coração.

— No entanto, você quase me abandonou quando soube que eu já não era mais virgem.

— Não, absolutamente, não. Eu fiquei surpreso e chocado, foi só. Você é liberal demais, e isso me assustou. Por mais que eu tente colocar a espiritualidade acima de tudo, sou também um homem e, às vezes, é difícil pôr de lado certos conceitos e valores que nos foram passados de geração em geração e que já fazem parte de nosso código de ética social. Mas eu aprendi que nem sempre a ética social está condizente com os verdadeiros valores morais. Não há nada de errado com o sexo, antes ou depois do casamento. Erra-se quando se faz do sexo não um complemento do amor, mas uma fonte de prazer desenfreado e inconsequente, do qual nos tornamos escravos em virtude de nossos vícios.

— Marcelo, não compreendo você. Você fala como um monge, no entanto, fez sexo comigo sem nenhum constrangimento.

— Porque a amo.

— E se não me amasse? Você me teria rejeitado?

— Não sei, Daniela. Provavelmente, não. Porque eu a desejava também. E o desejo, como tudo o mais, faz parte da natureza humana. Eu não poderia fingir que não a desejava. Mas, de qualquer sorte, teria feito sexo com você de forma responsável, com respeito e dignidade. Sexo não precisa ser sinônimo de devassidão. Só quem faz do sexo um vício, sem freios ou limites, é que incorre num desvio de conduta.

— Então você admite que dorme com mulheres que não ama?

— Sim, admito. Já dormi até com mulheres de vida fácil e confesso que senti prazer com isso. Mas isso não exclui o fato de que eu sempre as respeitei e as tratei com dignidade, dispensando-lhes o mesmo tratamento que dispenso a qualquer outro ser humano. Elas seguem o caminho que escolheram para si próprias e muitas lições devem tirar de sua infeliz condição, aprendendo que os desvios da vida conduzem todos ao mesmo lugar, que é o crescimento moral.

— E você acha que é certo?

— Quem sou eu para julgar? Todos nós temos nossas dificuldades e não podemos nos julgar melhores ou piores do que nossos irmãos. Cada um está onde deve estar e aprende aquilo que tem capacidade para compreender. Não adianta querer ensinar trigonometria a uma criança do jardim de infância, porque ela não alcançou ainda maturidade suficiente para aprender. No entanto, ela já é capaz de aprender os primeiros números, porque isso é algo que está mais condizente com a sua maturidade naquele momento. Mas não podemos dizer que a criança é inferior ou menos inteligente do que o adolescente, que já alcançou um estágio superior em seu aprendizado, ao qual a criança, um dia, também chegará.

Eu estava profundamente admirada e emocionada. Aquelas palavras eram mesmo reconfortantes, e eu queria muito acreditar que a minha salvação estava ali. No entanto, naquele momento, eu estava ainda no lugar da criança, e não adiantava tentar me ensinar algo que eu não podia compreender. Por mais que a minha alma ansiasse por seguir aquelas palavras, o meu temperamento rebelde e apaixonado recusava-se a aceitar um caminho que não fosse o desejado.

O que fiz foi rejeitar a ajuda que Marcelo queria me dar, porque aquela ajuda não era a que eu esperava, porque aquela doutrina não me prometia trazer de volta o ser amado. Ao contrário, tudo faria para que eu não mais o desejasse, e eu não estava ainda pronta para abrir mão de Daniel. Eu, em minha ignorância, julgava que Marcelo tentaria me fazer parar de amar meu irmão e não pude compreender que o que ele tentava era, exatamente, mostrar-me o caminho do verdadeiro amor. Não aquele amor possessivo e mesquinho, mas um amor abnegado e cheio de compreensão. Eu estava cega e jamais poderia enxergar algo que estava muito além de minhas possibilidades. Só o tempo e o sofrimento poderiam me ensinar, e era preciso que eu amargasse muito no pranto para aprender. Afinal, fora o caminho que eu escolhera: o caminho da dor.

CAPÍTULO NOVE

Depois da conversa que tive com Marcelo, meu coração parecia haver se acalmado um pouco. Durante uma semana, mais ou menos, não compareci à faculdade e já não tinha mais vontade de ir. Afinal, só me matriculara naquele curso para ficar perto de meu irmão, e, agora que ele não me queria mais ver, parecia não haver mais nenhum sentido em continuar. Por outro lado, as aulas representavam um pretexto para estar perto de Daniel e tentar falar com ele. Até então, eu não sabia que ele havia contado tudo a Ana Célia. Nem Marcelo sabia. Nosso segredo passara a ser um segredo deles, e Ana Célia, envergonhada por nós, tudo faria para continuar mantendo as aparências.

Na semana seguinte, quando apareci na faculdade, cheguei cedo e fiquei esperando o resto da turma aparecer. Marcelo entrou pouco depois de mim. Sabendo de minha volta, queria estar ao meu lado, para me dar força e me apoiar. Ele não imaginava, contudo, que eu estivesse ali para ficar mais perto de Daniel, muito menos que eu fosse tentar reatar meu romance com ele. Sua opinião era que eu deveria continuar tocando a minha vida. E assim eu fiz, ou melhor, deixei parecer.

Marcelo, sentado ao meu lado, puxava conversa descontraído, falando de um novo filme que estreara no cinema. Eu fingia prestar atenção, mas a verdade é que, a todo instante, olhava para a porta, na esperança de ver meu irmão entrar. A cada aluno que chegava, eu me sobressaltava, coração em disparada, pensando que fosse ele.

Finalmente, um pouquinho antes da chegada do professor, Daniel entrou sorrindo, de mãos dadas com Ana Célia. Logo que me viu, o sorriso murchou, e ele abaixou a cabeça meio acanhado. Eu me levantei eufórica e corri para eles. Daniel, muito sem jeito, balbuciou um *oi* quase inaudível e passou reto, e Ana Célia nem se deu ao trabalho de me cumprimentar. Pensei que ele ainda estivesse chateado comigo e já ia saindo atrás deles quando o professor entrou, e eu voltei para o meu lugar.

Durante os cinquenta minutos seguintes, não consegui pensar em nada que não fosse Daniel. Não prestei atenção no que o professor dizia, e Marcelo pôde notar a minha angústia. Eu esperava que o sinal anunciasse o intervalo para poder falar com Daniel. Mas nada. A cada intervalo, Daniel e Ana Célia saíam apressados da sala, e eu ficava desapontada, quase desfalecendo ao lado de Marcelo.

No final das aulas, não pude mais me conter. Daniel e Ana Célia já iam saindo quando me coloquei na frente deles e interpelei:

— Daniel, será que eu poderia falar com você? — ele me olhou em dúvida, e eu insisti: — Por favor, é só um instantinho.

Ele me evitava cabisbaixo. Não queria me encarar e respondeu acabrunhado:

— Sinto muito, Daniela. Não temos mais nada para conversar.

— Como não? Sou sua irmã e preciso falar com você.

— Já disse que não temos mais nada para conversar.

— Mas, Daniel, você não pode estar falando sério. Tivemos uma briguinha, coisa normal entre irmãos. Você não pode me ignorar só por causa disso.

— Não, Daniela, não insista.

— Ana Célia, por favor, convença-o.

— Sinto, Daniela — respondeu Ana Célia com frieza —, mas não posso ajudar. Se Daniel diz que não tem mais nada a lhe dizer, então não tem.

— Mas o que há com você? — indignei-me. — Sempre foi minha amiga e agora me trata desse jeito?

— Não sou mais sua amiga.

— Não? Por quê? O que foi que lhe fiz?

— Não sabe?

— Não, não sei. Por favor, se lhe fiz alguma coisa, a você também, diga-me, para que possamos esclarecer.

— Ouça aqui, Daniela, você é muito cínica. Depois de tudo o que fez, ainda pensa que pode me cobrar alguma coisa?

— Mas, Ana Célia, não estou cobrando nada. Quero apenas entender. Não é possível que você tenha tomado as dores de meu irmão e se voltado contra mim. Logo você...

— Chega, Daniela, não quero mais assunto com você. Você é uma moça cínica, fingida e vulgar, e não tem a menor noção de moral. Se pensa que pode aliciar Daniel para sua vidinha de pecados, está muito enganada. Seu irmão agora mudou. Arrependeu-se de toda aquela infâmia e sujeira, foi à igreja e se confessou, e não quer mais nada com você. E se você tiver um pingo que seja de vergonha, o que não creio, por favor, nunca mais volte a falar conosco. Agora com licença. Não temos mais o que fazer aqui.

Saiu arrastando Daniel pela mão. Ele se foi, sem nem olhar para mim, e comecei a chorar. Estava confusa, magoada e com raiva. Daniel contara-lhe tudo, e ela me tratara como se eu fosse uma aberração, uma criminosa. Se tivesse uma arma ali, naquele momento, teria matado aquela esnobe. Já ia saindo atrás deles quando senti a mão forte de Marcelo segurando o meu braço.

— Não — disse ele, cheio de autoridade.

— Solte-me, Marcelo. Preciso ensinar uma lição àquela metida.

— Pare com isso, menina. Você não tem que ensinar nada a ninguém. Você é quem tem muito que aprender.

— Não me venha com suas lições de moral. Não estou a fim de sermão hoje.

— Daniela, não tenho a menor intenção de passar-lhe um sermão. Nem sou a pessoa mais indicada para isso. Mas não vou deixar que você saia daqui e se machuque ainda mais. Muito menos que faça uma besteira qualquer.

— Oh! Marcelo — desabei. — Não sei mais o que fazer! Não posso viver sem Daniel. Por favor, ajude-me! Traga-o de volta para mim.

— Sinto, Daniela, mas não posso. E mesmo que pudesse, não o faria. Esse relacionamento de vocês é extremamente pernicioso e prejudicial para ambos. Agora, venha. Vou levá-la para casa.

Saí acompanhando Marcelo sem protestar. No fundo, sabia que ele estava certo, mas não queria aceitar. Não podia ficar sem Daniel, e aquela separação era como se eu tivesse perdido metade da minha vida. A vida não tinha mais sentido, e eu precisava ter Daniel de volta.

Quando chegamos ao apartamento, convidei Marcelo para entrar, e ele aceitou.

— Mas não posso demorar — disse. — Pego no trabalho daqui a uma hora e ainda nem almocei.

— Não seja por isso. Eu lhe preparo um almoço especial.

— Bom, se é assim...

Fomos para a cozinha e eu lhe preparei a minha especialidade: espaguete com molho de tomate. Enquanto ele comia, eu ia falando:

— Sabe, Marcelo, tenho sentido saudade de nosso namoro.

— É? — fez ele meio incrédulo. — Não é o que parece.

— As aparências enganam. E você? Não sente falta de mim?

Ele me olhou com ternura. Eu sabia que ele me amava, e seus olhos me diziam isso. Soltou o garfo e acariciou a minha mão, e logo o abracei e comecei a beijá-lo. Em segundos, já o estava despindo e dizendo ao seu ouvido:

— Você gosta de mim, não é? — Ele assentiu. — Então, por que não me ajuda? Sabe que posso lhe dar o que quiser, qualquer coisa.

Ele tentou se soltar de mim, mas eu insisti, e ele balbuciou:

— Por favor, Daniela... tenho que ir... já está na hora.

— Não, fique mais um pouco. Ainda não terminamos.

— Pare com isso. Preciso ir trabalhar.

— Não me deseja mais? Já se esqueceu de como nos amávamos? — ele já não tinha mais forças para resistir e começou a ceder aos meus apelos. — Então, não é bom?

Dentro de instantes, já estávamos despidos, nos braços um do outro, e nos amamos intensamente. Marcelo me amava, e cada gesto seu demonstrava o quanto era verdadeiro aquele amor. Eu, porém, pouco ou nada interessada em seus sentimentos, via nele um possível aliado na conquista de Daniel. Eram amigos, ele conhecia o nosso drama e bem poderia convencê-lo a voltar para mim. Ainda o acariciando, sugeri:

— Por que não me ajuda, Marcelo? Se me ajudar com Daniel, poderemos ser muito felizes, os três. Não gostaria de transar a três?

Ele afastou a minha mão e respondeu horrorizado:

— Ficou louca, é? O que pensa que sou, algum tipo de degenerado?

— Por favor, não se ofenda. Eu apenas pensei que me amasse.

— Eu a amo, mas isso não significa que esteja disposto a abandonar meus valores e princípios para me enfiar de cabeça em uma relação promíscua e doentia.

— Quem falou em promiscuidade? Pensei que você fosse mais liberal.

— Daniela, você está confundindo as coisas. Sou liberal, sim, tanto que me casaria com você mesmo conhecendo seu passado. Mas sexo a três, me desculpe, é promiscuidade sim. Ainda mais com o irmão da mulher que amo!

— Mas que preconceito bobo.

— Pode chamar como quiser. Contudo, por mais que a ame, tenho minha dignidade e não poderia descer tão baixo só para satisfazer os seus desejos. Meu amor por você não vai ao ponto de me humilhar e rebaixar. Se assim o fizesse, na verdade, não poderia dizer que a amo; estaria era compactuando com essa vida desregrada que você insiste em seguir. Nem sequer poderia me olhar no espelho, pois teria perdido o respeito por mim mesmo. E isso, Daniela, não vou fazer. Amo-a, sim, e muito. Só Deus sabe o quanto. Mas não tente me usar, porque o que sinto por você é amor, não uma obsessão doentia. Quero ajudá-la, mas não vou me violentar nem me anular. Acima de você, Daniela, preciso pensar em mim, em meu orgulho, em minha dignidade.

— Saia daqui! — gritei furiosa. — Vá embora! Você não serve para mim, e não quero mais saber de você!

Marcelo se levantou em silêncio e começou a se vestir. Eu podia ler em seus olhos toda a mágoa que lhe ia no coração. Eu fora cruel com ele e tentara usar o seu amor para alcançar meus objetivos, pisando em seus sentimentos como se faz com as formigas.

Ele apanhou suas coisas e saiu, sem dizer palavra, e comecei a chorar. Estava humilhada, em desespero e, por mais que soubesse que o que estava fazendo era loucura, não conseguia evitar. Meu amor por Daniel era tão forte que eu seria capaz de qualquer coisa só para tê-lo ao meu lado. Usaria o que estivesse ao meu alcance, desde que isso me desse alguma esperança de reconquistar o amor de meu irmão. Seria capaz de mentir, destruir, pisar e até de matar.

No fundo, porém, eu lamentava por Marcelo. Ele era um cara legal e não merecia aquilo. Além disso, era meu único amigo. De repente, dei-me conta de que não possuía mais ninguém no mundo. Nem parentes, nem amigos, nem nada. Deixara algumas tias lá no interior, mas elas só se interessavam pelo meu dinheiro, e a amizade que me ofereciam era interesseira e coberta de bajulações. Amigos, já não os tinha. Os poucos que fizera também não me queriam mais ver. Só me restava Marcelo, e eu acabara de enxotá-lo dali, como se fosse um cachorro vira-lata.

O amor de Marcelo, contudo, era verdadeiro e desinteressado, e ele não pôde me abandonar. Ao contrário, no dia seguinte, ao me ver na faculdade, sentou-se ao meu lado e segurou a minha mão, falando com tanta compreensão que meus olhos se encheram de lágrimas:

— Daniela, eu a amo demais, mas me amo muito também. Não quero que você sofra, mas também não quero sofrer. Quero ajudá-la, mas não pretendo me afundar. Por isso, de hoje em diante, chega de sexo entre nós. Não vou mais permitir que você me use, mas também não posso abandoná-la. Por isso, quero ser seu amigo e só.

Apertei a sua mão e agradeci com um sorriso. Estava feliz. Ao menos sabia que podia contar com um amigo, o que só agora eu começava a valorizar.

CAPÍTULO DEZ

Daniel e Ana Célia não apareceram mais na faculdade. Soube, por colegas, que eles haviam pedido transferência para outra universidade, o que conseguiram graças à influência do pai de Ana Célia, que era desembargador do Tribunal de Justiça.

Eu quase me desesperei. Precisava descobrir onde ele morava, mas tinha medo de me aproximar da casa de Ana Célia. Seus pais não sabiam de nada, apenas que Daniel e eu havíamos brigado por causa da herança da família. Uma desculpa esfarrapada e infame, mas era a única que eles podiam apresentar.

— Você sabe onde Daniel está morando? — perguntei um dia a Marcelo, como quem não quer nada.

— Não — respondeu ele secamente, e eu sabia que estava mentindo. — Ele não me disse. Aliás, já não nos falamos há muito tempo, desde aquele dia na faculdade.

— Por que será?

— Não sei. Talvez Daniel não queira mais nenhum contato com nada que lembre aquela vida.

— Nossa, Marcelo, que horror! Você fala como se *aquela vida* fosse algum tipo de praga da qual se deve afastar.

— E será que não é isso mesmo?

— Não concordo. Sabe que éramos inocentes.

— Está bem, Daniela, não quero brigar.

Eu também parei de ir à faculdade. Não tinha interesse algum por aquilo, nunca tivera. Não tinha vontade de estudar, de me formar, de perder o meu tempo enfurnada em algum escritório, desenhando casas e pontes.

Depois que abandonei o curso, comecei a me sentir um pouco mais livre e tinha mais tempo para pensar. Precisava descobrir o endereço de Daniel e resolvi contratar um detetive. Procurei nas Páginas Amarelas e logo encontrei um que me serviria. Liguei para o escritório do homem e marquei uma hora. Era no centro da cidade, num prédio meio antigo. Mas o escritório era grande, e o homem parecia competente. Dei a ele todas as informações necessárias, uma foto de meu irmão e fui para casa. No dia seguinte ele me telefonou. Descobrira o endereço, o que fora bem fácil. Daniel alugara um apartamento no Leblon, perto da casa de Ana Célia.

De posse do endereço, fui para lá e postei-me do outro lado da rua, bem em frente ao prédio. Já eram quase sete da noite quando ele apareceu. Assim que o vi, meu coração disparou, e quase chorei. Ele estava lindo, e eu o amava mais ainda do que antes. Atravessei a rua correndo e alcancei-o no saguão do edifício.

— Daniel — chamei emocionada.

Ele se virou abruptamente e, quando deu de cara comigo, olhou indeciso na direção do elevador e ameaçou fugir, mas reconsiderou e virou-se lentamente, os olhos já úmidos refletindo a imensa dor que sentia. Estava sofrendo, eu sabia, e quando o vi ali, tão frágil e desamparado, quis abraçá-lo, mas ele me evitou.

— Por favor, Daniela, não faça isso — pediu quase em desespero.

— Mas, Daniel, estou sentindo a sua falta.

— Eu sei... também sinto a sua...

— Você sente?

— Sinto...

— Oh! Daniel!

Atirei-me em seus braços, só que dessa vez ele não me repeliu. A princípio, apenas deixou-se abraçar. Mas depois, sentindo meu corpo trêmulo colado ao seu, colocou os braços ao meu redor e foi apertando, apertando, até me envolver completamente. Eu chorava de mansinho, e ele sussurrou em meu ouvido:

— Venha, Daniela, vamos subir. Precisamos conversar.

Subimos abraçadinhos. Quando chegamos ao seu apartamento, ele me tomou nos braços e começou a me beijar, o corpo ardendo de desejo. Eu estava em êxtase e não podia perder um minuto sequer daquele momento. Nós nos amamos com paixão, como fazíamos antigamente, e eu me senti completa com ele. Era uma alegria sem igual, um torpor que me ia amolecendo a alma, quase como num sonho.

De repente, pensei que Daniel fosse outra pessoa, e mais outra, e mais outra, e Daniel passou então a ser várias pessoas ao mesmo tempo, mas, ao mesmo tempo, era só Daniel. Fiquei confusa com aquela sensação repentina, mas aquilo não me incomodou. Ao contrário, encheu-me de prazer, como se Daniel e eu fôssemos almas havia muito ligadas, inseparáveis como irmãos xifópagos. Por que nascêramos irmãos? Por que o destino fora tão cruel conosco, a ponto de nossa união ser a única responsável pela nossa separação?

— Daniel, eu o amo — falei emocionada. — Não quero mais viver longe de você. Volte para casa comigo.

Ele me olhou consternado e respondeu num desabafo:

— Não posso.

— Mas por quê? Nós tivemos apenas uma briguinha. Todo casal tem, não é nada de mais.

— Acorde, Daniela! Nós não somos nem nunca seremos um casal. Somos irmãos, e o sexo entre nós é proibido pela moral dos homens.

— Sexo? O que é isso, Daniel? Então agora só fazemos sexo? Antes você falava do nosso amor. Será que não me ama mais?

— Daniela, não sei explicar o que aconteceu comigo. Sinto que ainda a amo, mas o que me liga a você é mesmo o sexo. O amor... já não é mais o mesmo. É... fraternal...

— Fraternal? Essa é boa. Você transa comigo e diz que sente um amor fraterno por mim? Não vê que isso é um contrassenso?

— Pode ser. Não sei explicar, já disse. Quando a vejo, meu coração dispara e sinto vontade de tomá-la nos braços, como a uma mulher. Mas depois que o sexo acaba, olho para você e sinto uma ternura muito grande, um amor de irmão mesmo...

— Você está sendo hipócrita, Daniel. Você não sabe o que é amor de irmão. Nunca conheceu o amor de irmão, porque nós nunca nos amamos feito dois irmãos. Nosso amor sempre foi de homem para mulher, e você sabe disso. Não venha agora inventar uma desculpa só para transar comigo e depois se desfazer de mim. Pensa que sou alguma vadia?

— É claro que não! Se você hoje é uma moça perdida, a culpa também é minha.

— Perdida? Mas o que foi que deu em você, afinal? Foi a Ana Célia quem andou metendo essas bobagens na sua cabeça, é? E desde quando ela virou santa?

— Ana Célia não é santa, mas é uma moça pura e honesta, e só quer se entregar depois do casamento.

— Oh! mas que lindo! E eu sou a vagabunda, não é? A mulher da vida!

— Pare com isso, Daniela, não foi o que quis dizer.

— Mas foi exatamente o que disse.

— Essas são as suas palavras.

— Ouça, Daniel, se pensa isso de mim, por que me trouxe aqui?

— Porque você me excita.

Encarei-o apertando os lábios, os olhos já abarrotados, prontos para chorar. Eu estava profundamente magoada. Amava Daniel acima de todas as coisas e queria que ele também me amasse. No entanto, se ele não me amava, se só me queria para o sexo, eu estava disposta a me curvar ante o seu desejo, só para ficar com ele. Não me importava que ele me usasse. Era preferível ser usada por ele a ser rejeitada.

Mas o olhar que ele me lançou de volta tinha um quê de especial, algo de indefinível que eu, naquela época, não podia ainda compreender muito bem. Era um misto de desejo e ternura, mas nem Daniel saberia explicar o que significava. Ele me puxou para si e alisou meus cabelos, dizendo ao final de alguns minutos:

— Daniela, não quero que pense que a estou usando para satisfazer os meus desejos de homem.

— E não está?

— Não. Você é muito especial. Não sei definir. É minha irmã, mas, ao mesmo tempo, é minha amante. O que sinto por você é uma forte atração, um desejo quase animal, mas há também um sentimento que parece estar se modificando.

— Como assim? Não entendo.

— Nem eu. Mas é assim que sinto. É como se todo esse instinto, essa animalidade, fosse aos poucos cedendo lugar a um sentimento mais sólido e verdadeiro. Eu sinto que a amo, mas esse amor vai se modificando, tentando se libertar da imensa carga de sexo que nos une. Só que é difícil, e ele permanece ainda apegado a algo que é mais forte do que nós mesmos e que parece sobreviver ao tempo, que é o apelo sexual.

— Continuo não entendendo nada. Eu também o amo e gosto de fazer amor com você, só que nada em mim se modifica. Meu amor é o mesmo, meu desejo também.

— Pois é. Aí é que está a diferença. O desejo que sinto pode ser o mesmo, mas o amor está se tornando diferente, e penso que, com o tempo, acabará por suplantar o instinto sexual e passará a ser, realmente, uma amor fraterno, como deveria ter sido desde o início.

— Isso tudo é muito confuso... Gostaria de saber o que o fez mudar assim, tão de repente.

— Eu não mudei de repente. Os sentimentos é que mudaram, porque as circunstâncias hoje também são outras.

— Daniel, acho que você está tentando me enrolar. Por acaso está se referindo a Ana Célia?

— Sim, estou.

— Eu sabia. Foi ela, não foi? Foi ela quem o afastou de mim.

— Engana-se, Daniela. Ana Célia foi apenas uma consequência de algo que havia muito eu desejava, que era a vontade de levar uma vida normal, o desejo de amá-la só como minha irmã. Não sei por quê, mas sinto como se houvesse alguma força maior do que nós nos impelindo à transformação desse amor naquilo que deveria ter sido desde o começo: um amor fraterno. É como se Deus quisesse me alertar de que, se nascemos irmãos, impedidos de nos envolvermos sexualmente, algum motivo sério há de ter.

Suspirei desanimada. De onde Daniel tirara aquelas ideias? Pensei que Ana Célia devia ter feito algum tipo de lavagem cerebral nele, porque ele não dizia coisa com coisa. Aquela conversa não estava levando a nada e só servia para me confundir. Creio que nem mesmo Daniel compreendia muito bem o que dizia. Carinhosamente segurando o seu queixo, indaguei:

— E agora, Daniel? O que será de nós?

— Não sei, Daniela, mas não podemos continuar nos encontrando.

— Oh! não, por favor, tudo menos isso. Você não sabe como sofro com a sua ausência.

— Eu sei. Mas Ana Célia não quer que nos vejamos.

— Ana Célia... que direito ela tem de interferir em nossas vidas?

— Vamos nos casar.

— Mas eu sou sua irmã!

— Mas para ela você é uma rival. Ela nos julga pecadores, obscenos, sujos. Não pode compreender ou aceitar.

— E só por isso vai deixar de me ver?

— Por enquanto, teremos que nos encontrar às escondidas. Mas depois vou tentar dar um jeito de reaproximar vocês duas.

— Oh! Daniel, não poderei suportar ver vocês casados. Você não pode se casar com Ana Célia. Ela não merece você e jamais saberá lhe dar o devido valor. E depois, pense em quantas vezes ela irá lhe atirar na cara o *erro* que cometemos. Qualquer coisinha e ela logo o irá acusar de devasso, não terá confiança em você, vai viver a atormentá-lo com suas desconfianças. É isso o que quer?

— Está enganada, Daniela. Ana Célia me ama e já me perdoou.

— Oh! sim, já o perdoou, mas com a condição de que nunca mais me veja. Será que isso é perdão?

— O que você esperava? Ela ficou chocada, é natural que não queira me ver envolvido com você novamente.

— É, mas e eu? O que sou para sua noivinha? Ela não se dizia minha amiga? Não queria me ajudar? E agora? Soube perdoá-lo, mas eu também não mereço o seu perdão? Não que isso seja importante para mim. Só estou tentando fazer você ver que Ana Célia não é uma alma assim tão generosa, pois o seu perdão está limitado ao seu interesse, e o seu interesse é unicamente você.

— Ela me ama e não quer me dividir com nenhuma outra mulher.

— Ela não sabe o que é amar.

— E você, sabe?

— Talvez sim, talvez não. Mas pelo menos não fico por aí crucificando ninguém.

— Será mesmo? E o que está fazendo com Ana Célia? Não a está julgando, só porque ela não quer mais vê-la?

— Chega, Daniel! Não quero mais falar de Ana Célia. Mas se você não quer contar a ela que nós fizemos as pazes, tudo bem, eu não vou discutir. Vou aceitar o que você quiser. Faço qualquer coisa para ficar junto de você.

— Então não deixe que ela perceba que estamos nos encontrando. Caso contrário, serei obrigado a deixá-la.

Saí dali com o coração pequenininho, sem saber se poderia suportar aquela situação. Havia-me transformado em um farrapo de gente, mendigando o amor de meu irmão como se implora um prato de comida. Era humilhante a minha degradação como ser humano, mas eu não tinha forças para lutar contra aquilo. Já não tinha mais como me humilhar ou me anular, mas não via saída. Ou me sujeitava às imposições de Daniel, ou perdê-lo-ia para sempre. Só Marcelo poderia me ajudar, mas eu, embora quisesse sair daquele limbo, tinha medo de que Marcelo conseguisse me convencer a deixar de amar Daniel. E isso era tudo o que não queria.

CAPÍTULO ONZE

Mas as coisas acabaram não saindo conforme o planejado. Ana Célia, desconfiada de que Daniel se encontrara comigo, ameaçou romper o noivado e nunca mais falar com ele. Meu irmão, embora não lhe contasse a verdade, teve medo de perder a noiva, e quem acabou dançando fui eu. Ele voltou a me evitar, fugia de mim na rua, não atendia meus telefonemas. Eu estava ficando desesperada.

Um dia, fui à casa de Ana Célia. A criada que me recebeu fez-me entrar, acomodando-me na sala de visitas, e foi chamá-la. Ela chegou toda cheia de si, ciente de sua superioridade em relação a mim. Quando a vi entrar, toda altiva e arrogante, tive vontade de esganá-la. Ela estava muito diferente da Ana Célia que eu conhecera na faculdade. Aquela menina era doce e meiga, ao passo que essa se transformara numa mulher fria e cruel, totalmente despida de piedade ou compaixão.

— O que quer aqui? — perguntou, sem nem me cumprimentar.

— Preciso falar com você.

— Acho que já lhe disse que não temos mais nada que conversar.

— Está enganada. Temos um assunto em comum.

— Não vejo do que poderia se tratar.

— Daniel.

— Daniel é assunto meu, não seu.

— Você não pode afastá-lo de mim.

— Eu não o afastei de você. Foi ele quem escolheu ficar comigo.

— Porque você o forçou.

— Ora, Daniela, seja realista. Se Daniel não me amasse, se não me preferisse a você, não ligaria a mínima para minhas exigências. Eu exigi que ele parasse de ver você sim, mas ele concordou porque quis. Se você fosse assim tão importante para ele, com certeza ele teria me dado um fora e corrido para os seus braços. No entanto, é comigo que ele está, apesar de todas as facilidades que você lhe oferece.

— Sua cachorra! Não lhe ofereço facilidade alguma.

— Não mesmo? E por que se deita com ele, então?

— Porque o amo.

— Mas que amor é esse, que não respeita as leis de Deus ou dos homens?

— Não tenho culpa de amar a pessoa errada.

— Daniel não é a pessoa errada. É uma pessoa proibida para você. E por favor, Daniela, não me obrigue a expor todos os motivos que me levam a sentir nojo de você e desse seu amor.

— Não precisa, não estou interessada em sua opinião.

— Por que então se deu ao trabalho de vir até aqui?

— Vim pedir-lhe para nos deixar em paz.

— Eu? Mas não fiz nada.

— Está se interpondo entre nós.

— Não me interpus entre ninguém. Daniel está comigo porque quer, eu não o forcei. E quer saber? Foi você quem se interpôs em nosso caminho.

— Isso não é verdade. Eu estava feliz com Daniel, até que você chegou e estragou tudo.

— Eu não estraguei nada. E agora chega dessa conversa, está desperdiçando o meu tempo. Saia daqui e nunca mais apareça. Não quero contato com gente de sua laia.

Aquilo foi demais para mim, e eu me descontrolei. De forma impensada, estalei-lhe uma bofetada na cara, ela cambaleou e caiu no sofá. Completamente aturdida e desfigurada, comecei a gritar:

— Sua cretina, vagabunda! Pensa que me engana com esse seu jeitinho de virgem imaculada? Aposto como já fez de tudo com Daniel, menos transar! E ele me procura, não porque precise de sexo fácil. Ele me procura porque só eu sou capaz de satisfazê-lo por completo, porque conheço cada milímetro de seu corpo e posso dar-lhe um prazer que você nunca conseguirá!

Ela estava apavorada e começou a gritar, chamando os empregados, e apareceu todo mundo. A mãe saiu do quarto assustada, pensando que alguém havia atacado sua filhinha. De repente, senti que mãos fortes me agarravam e me levavam para fora, empurrando-me para a rua. Era um homem robusto, devia ser alguma espécie de segurança ou vigia. Abriu o portão e me enxotou, como se eu fosse uma pestilenta. Caída na rua, pude ainda ouvi-lo perguntar:

— Quer que chame a polícia?

Ana Célia olhou-me friamente e respondeu com azedume:

— Não é preciso. Lugar de vadia é na sarjeta.

Bateu o portão na minha cara. As pessoas que passavam na rua me olharam assustadas, e eu fiquei com muita vergonha. Levantei-me meio trôpega e fui para um bar na esquina. Sentei-me sozinha a uma mesa e comecei a beber. Lá pelas tantas, já estava completamente bêbada, e logo um homem pediu para sentar comigo. Concordei, e continuamos ali, enchendo a cara, até que ele me puxou e me beijou, e eu correspondi. O homem, animado com a minha cumplicidade, começou a se aventurar e explorar o meu corpo, e eu dava gargalhadas, incentivando suas investidas. Depois de certo tempo, ele me chamou para sair dali, e eu o conduzi ao meu apartamento.

Quando chegamos já passava da meia-noite, e subimos no elevador às gargalhadas. Eu estava descalça, com as sandálias na mão, e, quando a porta se abriu, saímos tropeçando. Meu apartamento ficava do outro lado do corredor, e qual não foi o meu espanto quando, ao chegar, deparei com Marcelo sentado na minha porta, meio adormecido. O homem a meu lado indagou com voz pastosa:

— Ei, benzinho... quem é es...se... aí?

Marcelo, ouvindo a voz de meu acompanhante, despertou de sobressalto e logo se pôs de pé. Eu estava completamente embriagada e comecei a rir, apontando para ele:

— Esse aí... — comecei a dizer — ... esse aí... bem... acho que é... que é... hum... vejamos... meu pai? Não. Meu irmão? Lógico que não... ninguém dorme com... o... irmão... não é mesmo?

Ele me olhou penalizado, eu comecei a chorar. Havia tanta piedade naquele olhar, tanta compreensão, que eu me senti pequenininha diante dele. Cambaleei, e Marcelo estendeu a mão para mim e me amparou, abraçando-me com força. Em seguida, virou-se para o homem a meu lado e falou com voz incisiva:

— Muito bem, meu amigo, a festa acabou. Pode ir embora agora.

— Mas... o que... é isso... meu camarada? A moça... está comigo...

— Muito obrigado por acompanhá-la até em casa, mas agora pode ir.

— Não! Vim aqui para... me divertir... e é o que pretendo fazer... com ela...

— Ouça, amigo, você está alcoolizado e não quero brigar com você. Por isso, saia daqui ou serei obrigado a chamar a polícia.

— Polícia?

O homem, com medo de que Marcelo chamasse mesmo a polícia, acabou por ir embora, muito contrariado. Marcelo tirou a bolsa da minha mão e pegou a chave, abrindo a porta e levando-me para dentro. Novamente cumpriu aquele ritual: despiu-me, deu-me banho, colocou minha camisola e fez um café bem quente e forte, que tomei forçada.

Mas eu não queria nada daquilo. Queria ter sexo, e tentei puxá-lo para mim, como já havia feito tantas vezes. Ele, porém, desvencilhou-se de meu abraço e foi sentar-se na poltrona, do outro lado do quarto. Embora o banho frio e o café quente me tivessem recuperado um pouco as forças, eu estava zonza e cansada, e recostei-me na cama, exausta. Logo adormeci e só acordei na manhã seguinte, Marcelo dormindo na poltrona, todo torto.

Levantei-me e fui para a cozinha. Estava com fome e preparei um café especial. Até bolo fiz. Quando Marcelo despertou, encontrou-me tirando o bolo do forno, e eu o convidei para se sentar ao meu lado e saborear aquelas delícias.

— Fiz especialmente para você — disse.

Era a minha maneira de pedir desculpas pelo papelão que fizera na noite anterior. Ele sentou-se e eu o servi de uma xícara de café com leite, coloquei manteiga e queijo no seu pão, servi-lhe um pedaço de bolo. Ele ficou ali me olhando pensativo e começou a comer maquinalmente, até que eu disse:

— Marcelo, eu... quero que me perdoe.

Ele fez silêncio durante alguns segundos e só então respondeu:

— Não tenho nada a perdoar. Você deve pedir perdão a si mesma por estar estragando a sua vida de forma tão lamentável.

Comecei a chorar e ele me abraçou.

— Oh! meu Deus, meu Deus! — supliquei. — O que posso fazer para acabar com isso?

— Por que não me ouve, Daniela? Já não a convidei para ir comigo ao centro espírita? Lá, eles podem ajudá-la.

— De novo com isso? Sabe que não acredito nessas bobagens.

— Será que são mesmo bobagens? Como explica essa sua obsessão por Daniel?

— Isso não tem nada a ver com espiritismo.

— Será que não? Será que vocês já não se conheciam de outro tempo, de outro lugar?

— Não vai me dizer que acredita que tivemos outras vidas.

— É claro que acredito. Chama-se reencarnação, e é através dela que compreendemos todos os nossos processos de evolução e sofrimento.

— Não sei se acredito nisso.

— Acredite, Daniela, porque é a verdade.

— Como pode saber? Você se lembra de outras vidas?

— Não, não me lembro. Mas muitas coisas por que passamos só podem ser explicadas através da multiplicidade de existências. Você e Daniel, por exemplo. Por que acha que o ama tanto?

— Não sei. Ironia do destino.

— O destino não é irônico, é perfeito.

— Grande perfeição.

— Imperfeitos somos nós, que pensamos que podemos moldar o destino segundo nossas conveniências. Podemos alterá-lo de acordo com a nossa proposta de crescimento e evolução, mas não em prol da satisfação de nosso egoísmo.

— O que quer dizer com isso?

— Quero dizer que, antes de nascermos, nós nos propomos a cumprir determinada tarefa ou seguir determinado caminho, a fim de aprendermos com os erros do passado. Isso significa que todo sofrimento, toda dor que sentimos, nada mais é do que um reflexo daquilo que nós mesmos escolhemos. Mas esse sofrimento pode ser alterado no decorrer de nossa encarnação, desde que tenhamos compreensão suficiente para modificá-lo e acreditemos nisso. Não podemos saltar experiências se elas são essenciais para o nosso amadurecimento espiritual. Mas a dor, Daniela, não é necessária. Somos nós que a atraímos com nossa ignorância, com nossas culpas, nossos medos, nossa desvalorização.

— Não compreendo nada do que diz. E, por favor, pare com isso. Está me deixando deprimida.

— Você se deprime porque tem medo de escutar a verdade. Sua alma já conhece tudo o que estou dizendo, mas você, inconscientemente, se recusa a aceitar essa verdade, pois ela implicaria renúncia, e você não quer renunciar.

Aquelas palavras eram profundamente sábias, e eu sabia que deveria escutá-las, não com os ouvidos, mas com o coração. Marcelo estava certo. Se eu as aceitasse, estaria também admitindo que deveria renunciar ao amor de Daniel, e isso eu não podia fazer. Além de ainda não estar pronta para acreditar na verdade, também não estava pronta para abrir mão de Daniel. Eu precisava de tempo para aprender e aceitar, mas meu tempo estava se esgotando, porque eu mesma me encarregaria de encurtá-lo.

CAPÍTULO DOZE

Era dia da formatura de meu irmão, e eu estava louca para ir. Ana Célia, porém, não queria minha presença e impediu meu irmão de me convidar. Nesse dia, logo pela manhã, chorei muito, e Marcelo tentou me confortar da melhor forma possível, mas eu estava inconsolável.

Em determinado momento, pediu licença e saiu, e foi procurar Daniel. Encontrou-o em seu apartamento, preparando-se para a cerimônia.

— Olá — cumprimentou Marcelo, quando ele abriu a porta. — Tudo bem?

Daniel olhou-o desconfiado. Embora o tivesse convidado, não esperava que ele aparecesse por ali logo pela manhã. Meio sem graça, Daniel respondeu:

— Oi, Marcelo, vou bem, e você?

— Tudo bem. Então, animado para a formatura?

— Bastante. Preciso sair mais cedo para ir buscar Ana Célia. E a sua, quando será?

— Daqui a uma semana, mais ou menos. Não vá faltar, hein?

— Não, pode deixar. Ana Célia e eu estaremos presentes, com certeza.

Marcelo ficou ali, à espera de que ele perguntasse por mim. Daniel, no fundo, estava louco para saber notícias minhas, mas tinha receio de perguntar e acabar se envolvendo. Por fim, não podendo mais aguentar, indagou:

— E Daniela, como está?

— O que você acha?

— Não sei. Por isso estou perguntando. Sei que você é amigo dela e deve saber como vai.

— Sei sim. E se você também quer saber, posso lhe assegurar que ela vai muito mal.

— Mesmo? Por quê?

— Você sabe melhor do que eu. Por que a está tratando desse jeito?

— Daniela anda se excedendo...

— Ela o ama.

— Eu sei. Também a amo. Mas não posso deixar que minha irmã atrapalhe minha vida por causa de seus ciúmes infantis.

— Chama de ciúmes infantis a dor que lhe causou a separação abrupta, não do irmão, mas do amante?

Daniel levou um choque. Achava que Marcelo desconhecia a verdade e abaixou a cabeça, envergonhado.

— Ela lhe contou? — indagou com voz sumida.

— Não precisou. Eu mesmo percebi tudo.

— Você já estava desconfiado, não é?

— Estava. Como lhe disse certa vez, já havia notado algo de estranho em suas atitudes.

Daniel olhou-o assustado e considerou:

— Ouça, Marcelo, não quero que pense que somos dois depravados.

— Não penso nada. Não tenho nada com isso.

— Nós nos amávamos, mas agora acabou.

— Acabou para você. Mas Daniela continua amando-o da mesma forma.

— E o que quer que eu faça? Que termine tudo com Ana Célia e volte para ela?

— É claro que não. Isso seria prejudicial para ambos.

— Então vai concordar comigo que o melhor a fazer é me afastar.

— Mas não dessa maneira. Assim, desse jeito, você só a está repelindo, mas não a está ajudando.

Daniel não escondia a preocupação e retrucou hesitante:

— Como posso ajudá-la?

— Não a exclua de sua vida. Fale com ela, trate-a com carinho e com respeito, mostre-lhe que a ama, mas que não a deseja mais.

— Já tentei fazer isso, mas ela não compreende.

— Será que tentou mesmo? Ou será que disse que não queria mais o seu amor e, mesmo assim, dormiu com ela?

— Foi um erro — concordou Daniel, cabisbaixo e envergonhado.

— Um erro que a deixou confusa e cheia de esperanças e ilusões. Sua fala não condiz com suas atitudes. Como quer que ela acredite em você?

Ele ergueu as mãos para o céu e tornou com voz súplice:

— O que devo fazer?

— Já lhe disse. Trate-a com carinho e respeito, mas sem desejá-la. Faça com que ela participe de sua vida, mas que não interfira. Mostre, com carinho, que são irmãos e que devem se amar de forma abnegada e sem interesses escusos.

— Ela não entende as coisas dessa forma.

— Com o tempo entenderá e se tornará sua amiga e de Ana Célia.

— Ana Célia não quer a companhia dela. Recusa-se a aceitá-la e perdoá-la.

— Desculpe-me a franqueza, Daniel, mas não creio que Daniela precise do perdão de Ana Célia.

Daniel encarou-o como a implorar a sua ajuda. Ele estava sofrendo também. Queria continuar a me ver, mas não queria mais me amar e tinha medo de Ana Célia.

— O que faço, Marcelo? Por favor, diga-me.

— Quer mesmo ajudá-la?

— Você sabe que sim.

— Bem, então, para começar, convide-a para sua formatura. Ela está louca para ir.

— Não posso fazer isso. Por mais que deseje, não posso.

— Então não quer mesmo ajudá-la.

— Ouça, Marcelo, quero ajudá-la, mas desde que isso não prejudique meu noivado com Ana Célia. Não é justo.

Marcelo silenciou por uns instantes, até que considerou:

— Está bem, então. Se não quer convidá-la pessoalmente, não o faça. Eu entendo. Mas deixe-me levá-la como minha namorada.

— Hum... não sei se seria boa ideia.

— Por favor, Daniel, ao menos isso você lhe deve.

— Ana Célia pode não gostar...

— Ora, o que é isso? Não fui convidado? — Daniel assentiu. — Então não vejo problema algum. Se eu quisesse levar outra moça, tenho certeza de que nenhum dos dois se oporia.

— Mas é diferente. Outra moça não teria o envolvimento de Daniela.

— Ela é sua irmã!

Daniel ocultou o rosto entre as mãos e suspirou. Queria muito que eu fosse, sentia minha falta. Mas o medo de desagradar Ana Célia era maior do que a sua vontade, e ele acabou cedendo ao desejo dela e não concordou.

— Olhe, Marcelo, não posso mandar em você. Se quiser mesmo levar Daniela, não tenho como impedi-lo. No entanto, não conte com a minha colaboração. Se a levar, será à minha revelia. E ainda devo alertá-lo de que ela poderá passar por situações constrangedoras.

— De que tipo?

— Bem, não posso lhe assegurar que falarei com ela. E Ana Célia, com certeza, ainda a tratará mal.

Marcelo encarou-o com profunda tristeza. Jamais supusera existir tanta incompreensão no coração humano. Após alguns instantes, finalizou:

— Está bem, Daniel, você venceu. Não submeterei Daniela a constrangimentos desnecessários. Gosto muito dela e não quero que sofra mais.

— Se gosta tanto dela como diz, por que não se casa com ela e a faz mudar de vida?

— Pensa que não desejo isso? Eu seria capaz de qualquer coisa para fazê-la feliz e estaria disposto a passar por cima de tudo isso só para ficar ao lado dela. Mas Daniela não me quer, diz que não me ama. E nem sei se poderia chamar de amor o que ela sente por você. Na verdade, é mais do que isso. É algo assim como uma obsessão, uma doença, uma fixação. E eu, lamentavelmente, não tenho forças para fazê-la se desapegar desse sentimento tão daninho. Minha última esperança era você. Pensei que, com o seu amor e a sua compreensão, você fosse capaz de libertá-la dessa prisão. Mas, infelizmente, vejo que o seu desejo de ajudar não é assim tão forte.

Daniel abaixou os olhos e respondeu, quase num sussurro:

— Sinto muito.

Marcelo saiu dali arrasado e voltou para o meu apartamento. Eu estava aflita à sua espera. Ele não me dissera aonde tinha ido, mas eu tinha quase certeza de que fora mesmo procurar meu irmão. Logo que ele chegou, interpelei-o ansiosa:

— E então, Marcelo? Foi falar com Daniel? O que ele disse?

— Daniela — começou ele com cautela —, venha até aqui e sente-se perto de mim. Precisamos ter uma conversa muito séria.

Comecei a chorar. Podia perceber, pelo tom de sua voz, que seu encontro com Daniel não fora dos mais felizes. Ele correu para mim e me abraçou, sussurrando em meu ouvido:

— Acalme-se, menina, tudo vai acabar bem. Eu estou aqui e a amo, e vou ajudá-la. Confie, Daniela. Confie em Deus, confie em mim, confie, sobretudo, em você.

— Oh! Marcelo, por que Daniel me trata desse jeito? Não é possível que me despreze tanto!

— Ele não a despreza. Apenas tem medo.

— Medo de quê?

— Não sei. Medo de si mesmo, eu creio.

— Ele tem medo é de Ana Célia. Tem medo de que ela o deixe, não é mesmo? Pois seria bem feito. Ela não o ama como eu. Ela nem sabe o que é amar um homem de verdade.

— Isso não importa, Daniela. O que importa é que você não deve mais pensar nisso. Procure esquecer. Daniel e Ana Célia, infelizmente, não sabem compreender.

— O que farei, Marcelo?

— Nada. Vamos sair, dar uma volta. Você acaba desligando e se distraindo. Que tal se fôssemos ao cinema?

— Não quero, não tenho vontade nem disposição. E depois, você foi convidado para a formatura. Deve ir.

— Não quero ir sem você.

— Mas você deve. Por favor, Marcelo, não misture as coisas. Isso só serviria para me desgostar ainda mais.

— Obrigado, mas prefiro ficar aqui com você.

— Não, não. Você deve ir. Quero que mostre a ele que não ficou magoado e que é muito superior a tudo isso.

— Mas não preciso mostrar nada a ele ou a quem quer que seja. Só o que me interessa é o seu bem-estar.

— Por favor, Marcelo. Se quer mesmo o meu bem, então vá.

— Mas...

— Não discuta. É um favor que lhe peço. Vá e depois conte-me como foi. Eu estarei aqui, torcendo por meu irmão.

Embora a contragosto, Marcelo não teve outro remédio e acabou se dando por vencido.

— Está bem — disse por fim. — Seja feita a sua vontade.

Horas depois, Marcelo se aprontou e saiu, rumo à festa de formatura de Daniel. Em sua inocência, nem desconfiou de que eu estava planejando algo. E estava mesmo. Depois que ele saiu, arrumei-me toda e fui para a rua. Eram quase seis horas, e os bares já estavam abertos. Busquei um café no calçadão e sentei, pedindo logo uma cerveja. Depois pedi outra, e mais outra, e mais outra. Dali a umas duas horas, eu já estava praticamente bêbada. Paguei a conta e fui, cambaleando, tomar um táxi rumo ao clube onde estava se realizando a festa.

Quando cheguei, procurei Daniel com os olhos, mas não o vi. Havia muitas pessoas, e eu não conhecia ninguém. Entrei no salão e continuei a procurar, mas nada. Fui dando voltas, passando por entre os pares que dançavam ao som dos Beatles, mas não o vi. De repente, porém, senti uma dor aguda no braço e me voltei. Era Ana Célia, que cravara suas unhas em minha carne.

— O que está fazendo aqui? — perguntou, cheia de ódio. — Daniel e eu não a convidamos.

Puxei o braço com fúria e exclamei:

— Solte-me, sua lambisgoia. Não estou aqui por sua causa.

— Sei que não. Mas se veio em busca de Daniel, está perdendo seu tempo. Ele não quer falar com você.

— Por que não deixa que ele mesmo me diga isso? Ou será que tem medo de perdê-lo para mim? Sabe que sou muito mais mulher do que você, não é? Duvido que você lhe dê o prazer que só eu sei lhe proporcionar.

— Está bêbada. Você é uma bêbada vulgar e ordinária, e seu lugar é a sarjeta. Ponha-se daqui para fora imediatamente ou serei obrigada a chamar a segurança.

— Faça isso, sua covarde, antes que eu lhe parta a cara.

Acertei-lhe em cheio um soco no queixo. Bati com tanta força que até minha mão chegou a doer. Ana Célia rodopiou e desabou no chão, o sangue jorrando da boca. Começou a gritar, e logo todos acudiram.

— Chamem a polícia! — esbravejava. — Essa louca acabou de me agredir!

Foi um corre-corre danado. Os seguranças chegaram e me seguraram, levando-me para a sala da diretoria do clube. Eu fui arrastada aos berros, enquanto esperneava e xingava todo mundo, proferindo os palavrões mais obscenos que conhecia. Foi uma cena horrorosa.

Os seguranças me atiraram dentro da sala e trancaram a porta. Fiquei ali gritando, até que a porta se abriu e Marcelo entrou. Estava arrasado. Ele me abraçou, tentando me conter, mas eu não parava de me agitar. Até que, por fim, sentindo o amor que emanava de seu peito, meu espírito foi se acalmando, se acalmando, até que desabei num pranto sentido e prolongado, implorando-lhe que me tirasse dali.

A porta novamente se abriu, e meu irmão entrou. Em minha cegueira, pensei que ele estivesse ali para me proteger e me atirei em seus braços. Daniel, porém, afastou-me bruscamente e disse com dureza:

— Francamente, Daniela, desta vez você passou dos limites. Onde já se viu agredir minha noiva?

— Ah! Daniel, perdoe-me, mas ela me provocou. E teve o que merecia. Aquela intrometida, falsa, invejosa...

— Cale-se, Daniela, e escute-me. Não quero mais ouvir suas sandices. Você quase me arruína a vida. Por pouco os pais de Ana Célia não descobrem toda a verdade. Agora preste atenção ao que vou lhe dizer, porque vou dizer uma vez só. A muito custo consegui que não chamassem a polícia. Um escândalo agora só serviria para piorar ainda mais a situação, pois acabaríamos tendo que contar sobre o que fizemos, e isso não seria bom para ninguém. Por isso, vá embora daqui e não volte nunca mais. Faça de conta que eu não existo, que nunca existi. Esqueça-me. De hoje em diante, não tenho mais irmã, e, se cruzar com você na rua, vou fingir que não a conheço. A partir de hoje, você é uma completa estranha para mim.

Eu o olhei admirada. Não podia acreditar que estivesse ouvindo aquelas palavras tão ásperas e insensíveis. Desesperada, tentei ponderar:

— Daniel, você não pode estar falando sério. Sou sua irmã, você não pode fingir que não existo.

— Pois de hoje em diante não existe mesmo. Marcelo, por favor, tire-a daqui e leve-a para bem longe de minha vista, onde nunca mais seja obrigado a pôr meus olhos sobre ela.

Marcelo me segurou firmemente e saiu puxando-me para fora. Tudo estava perdido. Eu estava destroçada, humilhada, arrasada. Queria protestar, mas não tinha mais ânimo. Sentia-me a criatura mais miserável do mundo. Sabia que havia descido ao fundo do poço e que agora começava a me enterrar na lama. Não tinha mais para onde descer. Minha queda fora degradante, e eu já não tinha nem mais dignidade. Lembrei-me de Marcelo dizendo que, quando se perde a dignidade, perde-se o respeito por si mesmo, e então pude compreender suas palavras. Eu não poderia mais conviver comigo, sabendo-me tão indigna. Tinha vergonha de mim, de me fitar no espelho, de olhar para dentro de mim mesma.

Quando saímos, não havia ninguém no corredor, e logo alcançamos a rua. Chegamos ao estacionamento e entramos no carro de Marcelo. No caminho, eu ia calada, na cabeça uma infinidade de questionamentos e dúvidas. Quando chegamos, Marcelo me pegou pela mão e me levou para o quarto, cuidando de mim com o mesmo carinho de sempre. Eu continuava calada, e ele também parecia não ter nada para dizer. Deitou-me na minha cama, acariciou meus cabelos, apagou a luz e disse baixinho:

— Durma, Daniela. O sono lhe fará bem, e amanhã tudo isso já terá passado.

Olhei para ele e sorri. Em meu íntimo, já sabia o que fazer. Tomara minha decisão, e nada no mundo me faria voltar atrás. Daniel seria meu, custasse o que custasse, fosse onde fosse. Eu jamais admitiria perdê-lo para outra mulher e estava disposta a abrir mão de tudo nessa vida para tê-lo, ainda que só o tivesse após a morte.

CAPÍTULO TREZE

O dia seguinte era domingo, e Marcelo passara a noite em minha casa, como de costume. Estava deitado ao meu lado, ressonando, e eu me levantei em silêncio, pisando na ponta dos pés para não despertá-lo. Fui para o banheiro e liguei o chuveiro. Um banho frio era tudo de que precisava. Poucos minutos depois, ele apareceu e me sorriu.

— Bom dia — cumprimentou. — Dormiu bem? Sente-se melhor?

Olhei para ele com ar um tanto ou quanto alheado e respondi, tentando aparentar naturalidade:

— Sim. O sono me fez bem.

— Ótimo. Que tal darmos um passeio? O dia está maravilhoso. Podemos ir à praia.

— Não sei.

— Ora, vamos, Daniela. Você precisa sair e se distrair um pouco. Vai lhe fazer bem, você verá.

— Sei o que está tentando fazer por mim, Marcelo, e agradeço. Mas não precisa tentar me animar ou me consolar. Sou adulta e posso muito bem encarar os meus problemas.

— Sei disso. Você é uma mulher forte e corajosa, o que não significa que não precise de amigos.

Eu sorri, saí do chuveiro e o abracei apertado, murmurando em seu ouvido:

— Obrigada. Sei que você é meu amigo. Talvez o único que já tive.

Ele ficou meio sem jeito e me devolveu o abraço com outro, ainda mais apertado. Era um abraço carinhoso, amigo, desinteressado e, acima de tudo, carregado de amor. Por fim, respondeu encabulado:

— Sabe que a amo muito, não é?

— Sei sim. E serei eternamente grata por esse amor. Por isso, vou lhe fazer um pedido especial.

— O que é?

— Gostaria de ficar sozinha hoje.

— Sozinha? Mas por quê? Não sei se lhe fará bem.

— Preciso pensar. Refletir sobre o que me aconteceu ontem. Por pouco não cometo uma loucura que poderia arruinar toda a minha vida. E não quero mais isso para mim. Não quero mais sofrer pelo amor de quem só me despreza. Ontem pude perceber que Daniel não me ama mais. Talvez nunca tenha me amado. Mas isso não importa agora. Não quero mais ser humilhada desse jeito. Só o que quero é passar uma borracha nisso tudo e esquecer. Preciso refazer a minha vida.

— Ótimas falas, Daniela. Fico feliz que você tenha, finalmente, conseguido enxergar isso. Você é jovem, bonita, inteligente. Merece ser feliz. E, no que depender de mim, estarei sempre ao seu lado. A menos que você não me queira.

— É claro que o quero, bobinho. Mas hoje não. Hoje preciso estar só e espantar os meus fantasmas. Por favor, Marcelo, compreenda. Deixe-me sozinha um pouco. Amanhã já estarei totalmente refeita e prometo partilhar com você os novos planos que pretendo traçar para a minha vida.

Ele me encarou com alegria. Estava esperançoso e confiante, certo de que eu, finalmente, abrira os olhos e compreendera a loucura que era aquele amor impossível.

— Está bem — disse convencido. — Se é por uma boa causa, concordo em ir para casa e deixá-la. Mas amanhã, bem cedo, passarei por aqui para vê-la. E mês que vem estarei de férias, poderemos viajar. O que acha?

— Acho uma excelente ideia.

Marcelo saiu logo após o café. Já passava das dez horas. Eu me vesti e saí. O dia estava maravilhoso, quente e ensolarado. Tomei um táxi e dei o endereço do apartamento de Daniel. Enquanto ia sentada, pensava em minha vida, no que me tornara por amor a meu irmão. Chegara à degradação total, descera tão baixo que já não havia mais para onde ir. Eu já não era mais uma pessoa. Era apenas um espectro de alguém que, um dia, pensara ser uma mulher. De repente, senti ódio e apertei a bolsa, sentindo a pressão que o cano do velho revólver de meu pai me imprimia na mão.

Quando saíramos de nossa cidade, Daniel insistira para que trouxéssemos a arma. Dissera que o Rio de Janeiro era perigoso e seria bom termos com que nos defender. Depois, quando partira, não levara o revólver, que ficara esquecido no fundo do armário, sem nenhuma serventia. O Rio de Janeiro então nem era assim tão violento, e nenhum de nós tinha afinidade com armas de fogo, de forma que ela não nos teve, assim, grande utilidade. Até aquele dia.

O táxi parou em frente à portaria do prédio em que Daniel vivia, e eu desci, o coração aos pulos. Passei pelo saguão e subi. Ninguém me vira, e eu ia resoluta. Ao chegar à porta do apartamento de meu irmão, experimentei a maçaneta. Estava trancada, e eu me dirigi para a porta de serviço, torcendo para que estivesse aberta. Com efeito, virei a maçaneta e a porta abriu vagarosamente. Em silêncio, entrei pela cozinha e fui em direção à sala. Nada. Não havia um ruído sequer. Entrei na sala em silêncio e os vi.

Eu não esperava encontrar Ana Célia ali. Pensei que Daniel estivesse sozinho, mas aquilo não faria nenhuma diferença. Seria até bom que ela presenciasse o que estava para acontecer. Ela teria algo de que se lembrar pelo resto de sua vida, e a imagem de Daniel acabaria se transformando numa massa disforme de carne e sangue.

Eles estavam sentados no sofá, bem juntinhos, se beijando, e não notaram a minha chegada. Mais que depressa, tirei o revólver da bolsa e apontei. Ana Célia, talvez percebendo minha presença, abriu os olhos e me viu, afastando Daniel com um grito assustado.

Meu irmão voltou para mim os grandes olhos castanhos e estacou. Ia dizer alguma coisa, mas eu o impedi. Em lágrimas, disse quase num lamento:

— Sinto muito, Daniel. Se não posso tê-lo, ninguém mais o terá. Você é meu, se não nessa vida, na outra, para onde levaremos o nosso amor. Só nós dois.

Atirei, acertando-o em cheio no coração. Ana Célia soltou um grito de terror e se encolheu toda, o rosto sujo com o sangue de meu irmão, certa de que eu a mataria também. Mas eu, ignorando-a totalmente, voltei o cano do revólver para o meu peito e disparei novamente, tombando morta no instante mesmo em que a bala atravessou meu coração.

Pronto. Estava feito. Eu chegara ao extremo do desespero e adotara aquela medida drástica como forma de estar a sós com Daniel. Apesar de não dar importância ao que Marcelo dizia sobre espiritismo, acreditava na sobrevivência da alma e esperava encontrar meu irmão na outra vida. Para mim, a morte seria apenas uma passagem para uma vida de prazeres ao lado de meu irmão, onde eu pudesse amá-lo e tê-lo só para mim.

Por isso poupara Ana Célia. Matá-la também seria o mesmo que premiar Daniel com a companhia da noiva em outra vida, e eu o acabaria perdendo de novo. Não. O que eu pretendia era separá-los para sempre, e eu sabia que os vivos não se relacionavam com os mortos. Não de forma carnal. Daniel e Ana Célia nunca mais se tocariam, ao passo que eu, livre da matéria, poderia amá-lo à minha maneira.

Eu imaginava que Daniel fosse ficar com raiva de mim. Mas só um pouquinho. Depois que a surpresa do primeiro impacto passasse, eu o faria ver que, realmente, fôramos feitos um para o outro, tanto que nos encontráramos até no mundo dos mortos. Ali, naquele mundo, ele estaria livre da influência daninha de Ana Célia, de seus feitiços, de seu ciúme. E nós voltaríamos a viver como antes, um para o outro, e teríamos toda a eternidade a nosso dispor.

Infelizmente, porém, eu estava bem longe de conhecer a verdade sobre o mundo dos espíritos e, menos ainda, sobre minha própria consciência. E ainda hoje guardo na memória aquele dia, que foi o começo do que, realmente, se poderia chamar de sofrimento: 16 de dezembro de 1973.

PARTE DOIS

MUNDO INCORPÓREO

CAPÍTULO UM

Abri os olhos lentamente, sentindo uma dor aguda no coração. Por uns instantes, havia me esquecido do que fizera e pensei que estava em minha cama e acordara no meio da noite. Aos poucos, porém, fui me recordando do acontecido e forcei a vista, tentando identificar o lugar em que me encontrava. Mas não vi nada nem ninguém. Só uma total escuridão. Um vazio que parecia se estender por quilômetros. Para onde quer que olhasse, não via nada, só o negrume. E o frio. Aquele lugar era gelado, e comecei a tiritar.

Vagarosamente, experimentei o chão e me levantei. Parecia sólido, e pude me suster. Olhei para um lado, para o outro, e nada. Tentei ver na escuridão, procurando por Daniel, mas ele também não estava ali. Eu não compreendia o que estava acontecendo. Tinha certeza de que não estava sonhando. Lembrava-me bem de que havia atirado em meu irmão e em mim logo em seguida. Podia ainda lembrar a cara de espanto de Ana Célia. Só se não tivesse morrido. Mas não. Eu morrera, tinha certeza. Não sabia como, mas estava certa de que tinha morrido. E Daniel também. Mas onde ele estava?

Juntei as mãos em concha ao redor da boca e gritei:

— Daniel!

Estranhamente, porém, o som não se propagou. Era como se só a minha boca se movesse, mas nenhum som saísse. Tentei novamente:

— Daniel! Daniel!

Nada. Só silêncio e escuridão. Fiquei ali a chamá-lo por um longo tempo, sem obter resposta. Tanto chamei e tanto gritei, que o esforço deve ter soltado algo em meu peito, e eu, subitamente, senti nova dor no coração e me curvei sobre o meu corpo, apalpando o peito, desesperada. Levei um susto quando senti o sangue em minhas mãos e pude perceber que havia um rombo bem na altura de meu coração.

Embora soubesse estar morta, o instinto fez com que apertasse as mãos sobre a ferida, tentando estancar o sangramento. Inútil, porém. O sangue brotava aos borbotões por entre os meus dedos, escorrendo pelo meu corpo. Só então me dei conta de que estava nua, completamente nua. Então era por isso que sentia tanto frio! De repente, fui acometida por imenso pudor. E se alguém estivesse me observando? Não queria que vissem a minha nudez. Ainda mais com aquela ferida horrorosa no meu peito. Mas aquilo era bobagem. Não havia mesmo ninguém ali...

Eu estava de pé, sentindo o sangue escorrer, e não sabia o que fazer. Talvez fosse melhor esperar que alguém viesse. Mas quem? Daniel deveria estar à minha procura, ou então, quem sabe, talvez estivesse ferido em algum lugar, impedido de se locomover. Aquela ideia me encheu de pânico e senti que precisava agir. Não podia deixar que Daniel ficasse à mercê daquelas trevas. Ele só podia estar por ali. Afinal, eu me matara e a ele no mesmo dia, e acreditava que só poderíamos estar em algum lugar feito o inferno. Como nenhum de nós era santinho, tinha certeza de que não estávamos no paraíso.

Só não entendia por que ainda não nos havíamos encontrado. Pensei que o inferno deveria ser grande, e talvez Daniel tivesse ido parar em outro setor ou quadrante. Era só questão de tempo até encontrá-lo.

Decidida, pus-me a caminhar. A princípio, ainda hesitei, sem saber para que lado ir. Mas depois, vendo que a escuridão era a mesma em qualquer direção, girei o corpo ao acaso e fui em frente. À medida que avançava naquelas trevas, menos conseguia enxergar. Por mais que me esforçasse, a vista não se acostumava, e só o que via era o vazio. Estiquei o braço, na expectativa de tocar em algo, uma parede que fosse, mas nada. Caminhei, caminhei, até que comecei a me cansar. Eu não sabia quanto tempo estivera andando, mas supus que fora muito, devido ao meu cansaço. Parei e me sentei no chão, apalpando-o. Percebi que era feito de pedra, uma pedra tão lisa que não possuía sequer uma ondulação. Coisa mais estranha. Tudo ali era igual. A escuridão, o frio, o solo. Nada parecia mudar. E eu, por mais que me movimentasse, não conseguia espantar o frio. Era como se o corpo não se aquecesse. Não havia nem vento. Era uma temperatura baixa mesmo, invariável, como de um frigorífico.

Aquela mesmice foi me dando nos nervos. O que estaria acontecendo? E por que não havia mais ninguém ali? Não era possível que só eu fosse *mazinha* e aquela parte do inferno fosse minha exclusividade. Eu não acreditava em diabo, mas imaginava que deveria haver algum lugar habitado por ali, com gente bem ruim, os *capetas* da vida. Só o que tinha a fazer era encontrar esse lugar.

Depois que descansei, levantei e continuei a caminhada, até que senti fome. Mas não havia nada para comer, e eu tive que acostumar o estômago à fome e, logo, logo, também à sede. Dali a mais algum tempo, tive sono. Deitei-me e dormi. Talvez, quando acordasse, alguma coisa tivesse mudado naquele inferno.

Ao despertar, porém, nada havia mudado. O frio, a fome e a sede continuavam, e a escuridão ainda era a mesma. Tudo permanecia igual, e comecei a ficar irrequieta. Eu continuava só, e aquela solidão estava me enlouquecendo.

Não podia ficar ali, à espera de que algo acontecesse, e resolvi me levantar e retomar a caminhada, sabe-se lá para onde. Logo que fiquei de pé, apurei os ouvidos, mas só o silêncio se fez ouvir. Eu estava louca de vontade de ver Daniel e comecei a chamá-lo novamente, dessa vez com mais insistência. Chamei durante vários minutos, mas ninguém respondeu. Daniel parecia haver desaparecido.

Subitamente, uma ideia atroz me atravessou o pensamento. E se Daniel não tivesse morrido? E se o tiro que lhe desfechara não tivesse sido fatal, e ele estivesse agora nos braços de Ana Célia, livre de mim? Esse pensamento quase me enlouqueceu. Se isso tivesse acontecido, podia-se dizer que o feitiço virara contra o feiticeiro, e o que desejara para mim, acabara por conceder a minha maior rival.

Fiquei tão desesperada com essa ideia que me pus a correr, até que a dor em meu peito me fez parar, quase sufocando. Eu nem entendia como podia ter a sensação de estar sufocando se a morte levara consigo o alento. No entanto, eu sentia como se respirasse, e o esforço da corrida me tirou o fôlego, não pelo cansaço, mas pela ferida aberta em meu peito, que sangrava sem parar. Aquilo eu também não entendia. Pensava que, depois da morte, não sentiria mais dor, não teria mais sangue, frio, fome ou sede. Contudo, exatamente o oposto acontecia, e eu tinha em espírito todas as sensações que tivera na carne, inclusive o desejo de sexo.

Às vezes, quando pensava muito em Daniel, sentia um enorme desejo de possuir o seu corpo e então eu me masturbava, sempre pensando nele. Nessas ocasiões, eu sentia como uma presença perto de mim, chegava mesmo a sentir o calor do seu hálito. Essa *coisa* parecia flutuar sobre o meu corpo, alguns centímetros acima de mim, e quase me tocava em minhas partes mais íntimas. Parecia que a vibração do orgasmo que eu alcançava em meu amor solitário alimentava aquela *coisa*, e era como se ela sorvesse todo o fluido que emanava de mim. Em seguida, ia embora sem nem me tocar e muito menos dizer uma palavra.

Nas primeiras vezes em que isso aconteceu, senti um medo imensurável. Mas depois, vendo que a presença não me tocava, comecei a me acostumar e até a gostar dela. Ao menos era uma companhia. Invisível, é certo, mas uma companhia. Tentei conversar, perguntar quem era, porque eu pensava que poderia ser um espírito que ali estava e que talvez fosse tão sofredor quanto eu. Estava certa de que não era Daniel, mas, fosse quem fosse, era melhor do que aquela solidão insuportável. A presença, porém, não respondia e permanecia apenas o tempo suficiente para se *alimentar* de meus fluidos. Depois de certo tempo, passei a achar que ela só estava interessada na energia de sexo que eu, de forma tão desprendida, dividia com ela. Mas não parecia interessada na minha pessoa e, por isso, não prestava a menor atenção ao que dizia, e era como se eu não existisse, apenas o meu sexo.

O tempo foi passando, e nada ali se alterava. Até que, um dia, comecei a sentir certa comichão no corpo e, quando olhei para mim mesma, percebi algo estranho se movendo em minha pele. Passei a mão pela coceira e fiquei horrorizada. Não sei como nem por quê, mas em meio a tanta escuridão, eu conseguia ver a mim mesma e pude me certificar de que a comichão eram bichinhos que saíam de meu corpo, como minhocas irrompendo da terra. Aquilo me aterrorizou, e eu comecei a gritar, esfregando o corpo numa tentativa inútil de tirar aqueles animais de dentro de mim. Seriam sanguessugas? Eu não sabia, mas comecei a sentir uma dor imensa, como se algo me estivesse devorando as entranhas. Aquilo era pior do que a morte. Chorei muito, de dor, de medo, de abandono. Eu chamava Daniel a todo instante, implorando que ele aparecesse e viesse me salvar.

Não sei dizer por quanto tempo permaneci naquele estado, sendo devorada *viva*. Só o que posso afirmar é que me pareceu uma eternidade. Durante aquele processo, desejei morrer, mas sabia que isso era impossível, porque já estava morta, e a morte não era o fim dos sofrimentos. Ao contrário, com a morte eu conhecera a verdadeira dor e comecei a me revoltar. Onde estava Daniel, que não me respondia? Será que tinha conhecimento de meu estado e resolvera me abandonar? Será que vivia e estava feliz com minha morte, desfrutando de sua liberdade com Ana Célia? Desesperada ante essa possibilidade, eu chorava sem parar e o chamava com insistência, doida de vontade de encontrá-lo.

O mais estranho era que eu, mesmo com todo aquele sofrimento, nem sequer me lembrava de que Deus existia. Eu nem mesmo o culpava pela minha dor, o que já seria um começo. Ao menos eu estaria admitindo a sua existência. Mas não. Eu realmente não me lembrava de que existia alguém no mundo além de Daniel, e que esse *alguém* era a imagem da perfeição e da bondade, e que bastava apenas um gesto meu, um simples e sincero gesto meu, para que Ele viesse em meu socorro. Eu não estava interessada em Deus. Só me interessava por Daniel, mas Daniel era o único que não poderia atender aos meus apelos.

Os anos foram avançando sem que me desse conta disso. Eu havia me transformado num molambo, com aquela ferida em meu peito que não parava de sangrar. Além da presença que eu sentia quando me masturbava, ninguém nunca me visitou durante os anos em que permaneci naquele estado. Nem os espíritos mais atrasados, que costumam povoar o umbral, pareciam interessados em mim. Apenas as trevas e o frio eram os companheiros da minha solidão.

Até que comecei, realmente, a me cansar de tudo aquilo. Afinal, para que tanto sofrimento? Por que insistir em chamar Daniel, se estava claro que ele não podia ou não queria me atender? Eu olhava para o meu corpo e sentia pena de mim mesma. Meu corpo era, todo ele, uma imensa ferida, sujo, malcheiroso, coberto de crostas de sangue. Era repugnante! Por que me suicidara? Não sabia que era errado? Não aprendera na Igreja que era contra as leis de Deus? Em que me transformara? E por quê? Teria valido a pena?

Diante de tudo o que me acontecera, comecei a pensar numa maneira de sair dali. Eu entrara ali por algum lugar, então deveria haver alguma porta de saída. Bastava encontrá-la. Mas já havia caminhado tanto e nunca avistara porta alguma. Pensei haver atingido o auge do desespero e da angústia. O que fazer? De repente, a imagem de Marcelo surgiu em minha mente, e eu quase o ouvi rezando por mim, e uma luz acendeu em meu coração. Desesperada, atirei-me ao chão e desabafei, implorando em meio ao pranto:

— Oh! meu Deus, eu imploro o seu perdão! Sei que errei, mas estou arrependida e não suporto mais tamanho sofrimento. Por favor, ajude-me, ajude-me!

Disse isso com tanta sinceridade e sentimento que logo senti uma sensação estranha, como se algum sopro de vida me enchesse de ânimo, aquecendo meu corpo e espalhando um pouco de luz naquela escuridão. Eu, até então, nunca pudera enxergar nada. Nem paredes, nem portas, nem grades. Nada. Só a escuridão e o vazio. Apenas o chão parecia existir. Eu sabia que pisava em algo, e era sólido, frio e liso feito uma lápide. Uma lápide! Estaria eu em alguma espécie de tumba?

Fixando bem o olhar, comecei a divisar uma silhueta ao meu redor, como se houvesse ali algum tipo de parede. Movi os braços para o lado, e eles bateram em algo sólido e frio. De repente, senti cheiro de terra molhada e estiquei a mão. Havia, por entre aquelas estranhas paredes, alguns buracos, onde o teto parecia ceder, e eu toquei em algo molhado. Esfreguei os dedos e me certifiquei: era terra. Mas como? Eu parecia estar confinada, mas como podia ser? Fechei os olhos e tornei a pensar em Deus, implorando o seu auxílio. Quando os abri novamente, eu me certifiquei: estava deitada em meu túmulo. Estivera ali todo o tempo e nem me dera conta disso. Confusa, tornei a fechar os olhos, desesperada, e suspirei. E foi então que, realmente, adormeci...

CAPÍTULO DOIS

Quando despertei, pensei que estivesse no céu. Tudo era tão branco que eu me extasiei. Era um contraste incrível com as trevas em que estivera. Tudo ali era alvo: as paredes, a cama, os lençóis. Até a luz que penetrava pela janela era extremamente clara e brilhante. Parecia que o sol, ali, redobrava de intensidade e deitava raios de luz branca sobre todas as coisas.

Não havia ninguém naquele quarto, que me pareceu de hospital. Achei engraçado estar morta num hospital, mas aceitei o fato com certa naturalidade. Depois de tudo por que passara, aquele hospital era mesmo um paraíso. Eu estava me sentindo tão bem ali que nem me importei de continuar só.

O ar parecia mais puro, livre de poluição. Mas não era só isso. Era como se eu respirasse um pouco do sopro de Deus, porque aquele ar, além de puro, era extremamente benfazejo, e eu me senti tranquila e refeita de minhas dores só pelo fato de o estar inspirando.

Ao pensar nas dores, de repente senti uma pontada no coração e pude perceber que havia sobre ele uma espécie de gaze, finíssima, que ao mesmo tempo aliviava e curava.

Embora ainda doesse, era uma dor mais confortável, daquelas que a gente sente em machucados que nossa mãe trata com carinho. A dor está ali, mas só de a sabermos cuidada, aquilo nos enche de conforto e certeza de que ela logo irá sarar e de que nem é assim tão horrível.

Foi quando a porta do quarto se abriu e um senhor negro apareceu. Usava óculos e vinha todo vestido de branco. Julguei que fosse o médico dali e já ia enchê-lo de perguntas quando ele se adiantou e perguntou na minha frente:

— Então, Daniela, sente-se melhor?

Assenti sem responder. De repente, perdera a vontade de falar. É que a voz daquele homem era tão doce, tão carinhosa e me deu uma sensação de acolhimento tão boa, que não quis perder aquele momento. Não respondi e fiquei ali a olhá-lo. Ele, porém, vendo a ansiedade em meus olhos, continuou:

— Imagino que deva ter muitas perguntas a fazer. No momento, porém, é melhor que repouse. Você fez uma longa e exaustiva viagem e não convém que gaste suas forças falando. Em breve você poderá perguntar tudo o que quiser e terá as respostas de que necessita para compreender o que se passou com você.

Ele se aproximou do meu leito e acariciou meus cabelos. Comecei a chorar e segurei a sua mão, tão perfumada, e pus-me a beijá-la, molhando-a com minhas lágrimas de gratidão, de reconhecimento. Eu estivera tanto tempo ausente que nem me dera conta do quanto sentia falta das pessoas. Embora aquele homem fosse um desconhecido, um estranho para mim, era como se eu o amasse, e senti enorme prazer em sua companhia. Depois de alguns minutos, em que ele deixou-se ficar preso a mim, eu o soltei e balbuciei, a voz carregada de emoção, uma emoção nunca antes experimentada:

— Obrigada.

Ele se abaixou gentilmente e beijou-me na testa, saindo logo em seguida. Da porta, virou-se para mim e acrescentou:

— Repouse. Em breve voltarei para vê-la.

Depois que ele saiu, virei-me para o lado e comecei a chorar. Estava grata àquele homem que eu nem conhecia. Grata pela sua bondade, pela sua compreensão, pelo amor que demonstrara em seus gestos afetuosos para com uma estranha que ele talvez nunca tivesse visto.

Fechei os olhos e pensei em minha mãe. Onde estaria? Será que estaria por perto? Senti uma enorme vontade de encontrá-la, de falar com ela e pedir-lhe perdão. Lembrei-me de meu pai e senti imensa angústia. Eu nunca amara meu pai, porque não o compreendia, e ele também não pudera nos compreender. Fora, depois da morte de mamãe, um verdadeiro estorvo em nossas vidas, ora nos acusando, ora nos ignorando completamente. Além disso, culpava-me pela morte de minha mãe, como se eu a tivesse empurrado escada abaixo para que morresse e não atrapalhasse meu romance com Daniel. Mas não era verdade. Eu amava minha mãe e sofrera muito com sua morte, roendo-me de culpa pela sua queda, como se eu a houvesse mesmo empurrado, não com a mão do corpo, mas como se minhas atitudes a houvessem impelido para a morte. Fora difícil conviver com aquilo durante todos aqueles anos, mas o amor que sentia por Daniel era mais forte do que qualquer outra coisa, e o problema com minha mãe acabou por ficar em segundo plano.

Daniel! Onde estaria meu irmão? Eu estava louca para encontrá-lo também, mas tinha medo desse encontro. Ele devia me odiar. Afinal, eu o arrancara da vida como se extrai uma erva daninha, e Daniel tinha ainda muito que viver ao lado de Ana Célia. Com certeza, não queria me ver, pois não se interessara por mim durante todo aquele tempo em que eu permanecera presa ao túmulo. Tentei não pensar mais nele e adormeci novamente.

Mais tarde, quando acordei, o mesmo senhor de pele escura estava parado ao meu lado, sorrindo para mim. Sorri de volta, e ele indagou:

— E então? Como está? Mais refeita?

— Sim — respondi mais animada. — Sinto-me muito bem aqui e sou-lhe muito grata por tudo.

— Não precisa agradecer. Para nós, aqui, o maior prazer é ajudar e ver que nossa ajuda está sendo bem aproveitada. Fique sossegada. Você é uma boa menina e logo, logo, vai sarar disso tudo.

— Sarar? Estou doente?

Ele apontou para o meu coração e respondeu:

— Sim, está.

— Oh! é verdade. O tiro que dei em meu coração... parece que nunca mais vai ficar bom...

— Não, minha querida, não me refiro a isso.

— Não? Então a quê? Não é meu coração que está ferido?

— Sim, mas a ferida que você desfechou em seu corpo físico, e que acabou por imprimir em seu perispírito, não é nada se comparada à imensa ferida que abriu em sua alma e que só o tempo, a compreensão e a vontade de mudar conseguirão fechar.

— Não estou entendendo. O senhor fala de coisas que não conheço. Atirei em meu corpo físico, sim, e sei que meu espírito traz as marcas de meu crime, embora não entenda por quê. Mas esse tal de peri... peri...

— Perispírito.

— Isso, perispírito. Esse aí não conheço, não.

— Perispírito é o invólucro semimaterial que reveste o espírito e que o acompanha mesmo após a morte do corpo físico.

— Como assim?

— Numa linguagem mais clara, é aquilo que você vê e percebe. O espírito, enquanto criação divina, não é dotado de forma. Como, porém, no estágio em que nos encontramos, precisamos ainda de uma *aparência* para que possamos nos identificar, usamos o perispírito para moldar essa aparência. É por intermédio dele que reconhecemos os espíritos que convivem conosco.

— É como brincar de massinha?

Ele riu e concordou:

— Mais ou menos isso.

— Que engraçado. E esse perispírito sofre as consequências de nossos atos?

— Podemos dizer que, em certos casos, o perispírito é o espelho da carne. Muitas vezes, quando maltratamos o corpo físico em demasia, esses maus-tratos acabam por ferir também o perispírito, que sofre por aquilo que o corpo físico não sente mais, porque não existe mais. O corpo, a matéria, se desmancha e volta ao universo, ao passo que o perispírito leva consigo as marcas e impressões que infligimos ao corpo.

— Muito interessante, porém, confuso.

— Mais ou menos. Mas deixemos isso para depois. Você está ainda muito debilitada para se envolver em questões complexas. Mais tarde, quando estiver totalmente refeita, e se desejar, poderei levá-la a uma aula sobre perispírito.

Eu não disse mais nada. No fundo, aquela conversa me interessava porque era uma forma de não pensar em meus erros e na minha miséria, e eu podia fingir que não estava sofrendo. Queria parecer forte e corajosa para aquele homem, e procurava agir como se tivesse superado todo o horror por que passara. Como se isso fosse possível assim, de uma hora para outra.

— Como se chama?

— Alfredo.

— O senhor é médico?

— Sou sim. Mas não precisa me chamar de senhor, não. Aqui abolimos essas formalidades. Todos nos respeitamos muito, mas o respeito nada tem a ver com os pronomes ou as formas de tratamento. O respeito vem de dentro, da intenção da alma e não precisa de formalismos para se exteriorizar.

— É verdade. Sabe, Alfredo, gostaria que soubesse que estou muito feliz por estar aqui, embora não saiba se mereço tanta consideração.

Ele sorriu para mim e me acariciou novamente. Como era boa aquela carícia, que só transmitia amorosidade!

— Não diga isso, Daniela. Todos merecemos a mesma parcela de consideração. Somos todos filhos de Deus, e um pai não faz distinção entre seus filhos.

— Será?

— O pai amoroso e consciente, que aceita a responsabilidade de educar os filhos, recebe a todos com igual consideração e respeito, embora às vezes, devido a circunstâncias especiais, deva dedicar um pouco mais de atenção a um ou a outro.

— Está certo, Alfredo, você me convenceu. Não quero entrar no mérito dessa discussão, porque nem tenho conhecimento suficiente para isso. Bem se vê que você é infinitamente mais inteligente do que eu.

— A inteligência, minha cara, é qualidade do espírito, que evolui com ele. Mas conhecimento não é inteligência, assim como sabedoria também não se confunde com ela. O conhecimento se adquire com dedicação e estudo, ao passo que a sabedoria se alcança com a vivência e a experiência das verdades da vida e das leis divinas.

— Você é muito profundo, Alfredo, e não sei se o que você tem é sabedoria, conhecimento, inteligência ou tudo isso junto. Mas acho você o máximo.

— Obrigado, Daniela. Você é uma menina inteligente, e a sua inteligência lhe abrirá as portas da sabedoria e do conhecimento. Basta que você deseje.

A porta do quarto se abriu novamente, e uma enfermeira entrou, trazendo uma bandeja com um prato de sopa e algumas frutas, além de um jarro com água. Ela sorriu e me cumprimentou, depositando a bandeja na mesinha ao lado da cama. Em seguida, virou-se para mim e, ainda sorrindo, indagou:

— Olá, Daniela. Como está?

— Bem, obrigada.

— Sente fome?

— Hã, hã.

— Ótimo. Então coma. Trouxe-lhe um caldo quente e nutritivo e algumas frutas. Isso vai reanimar suas forças.

Agradeci e tomei a colher, mas minhas mãos estavam trêmulas, e eu a deixei cair, sujando o lençol e o chão.

— Oh! desculpe — falei constrangida.

— Não foi nada, querida — retrucou a enfermeira ainda sorrindo. — Pode deixar que, num instantinho, eu limpo isso.

Ela saiu e voltou logo em seguida, trazendo um pano e uma colher limpa. Segurei a colher com mais força, mas continuava a tremer, e a enfermeira veio me ajudar. Pacientemente, foi colocando o caldo em minha boca, e eu fui sorvendo aquele líquido, maravilhada com seu sabor. Embora não identificasse os ingredientes do qual fora feito, estava uma delícia e me fez muito bem.

Quando terminei, peguei uma fruta e comi com vontade. Estava docinha e foi um imenso prazer saboreá-la. Só depois que terminei foi que percebi o quanto estava com fome. Parecia que eu não comia havia séculos, e devia mesmo ser, porque não tinha noção do tempo em que permanecera nas trevas. Em seguida, servi-me de um copo de água. Era fresca e cristalina, e eu me senti muito bem.

— Agora você vai se levantar um pouquinho, que é para eu trocar os lençóis — disse ela, logo que se certificou de que eu terminara a refeição.

— Que tal um passeio pelo jardim? — sugeriu Alfredo.

— Posso? — perguntei ansiosa. — Eu adoraria.

— Pois então vamos. Será um prazer caminhar ao lado de tão bela companhia.

Ele me ajudou a descer da cama, e eu cambaleei. Estava ainda fraca para andar, mas Alfredo me amparou.

— Será que vou conseguir?

— É claro que vai. Vamos devagar. Não temos pressa. E depois, o sol e o ar fresco lhe farão muito bem.

Em silêncio, tomei o seu braço e saí com ele, passando pelo corredor, onde se viam diversas portas, lado a lado.

— Isso tudo são quartos? — perguntei curiosa.

— São, sim.

— Há gente aí?

— Assim como você, muitos outros pedem auxílio e são trazidos para cá para tratamento.

— Trazidos de onde?

— De diversos lugares. Alguns vêm para cá logo que desencarnam. Outros permanecem vagando, perdidos. Outros ainda, como você, ficam presos ao túmulo. Varia muito de espírito para espírito.

— Por quê?

— Porque nem todos são iguais, e a experiência de um pode não ser a mesma de outro. Cada qual passa por aquilo que escolhe passar.

— Sabe, Alfredo, ainda não perguntei, mas onde é que estive e por quanto tempo?

— Uma coisa de cada vez, Daniela. Breve você terá as respostas para todas essas perguntas. No momento, porém, não convém que você se envolva com fatos e lembranças que poderão ser extremamente dolorosos e que, no momento, só serviriam para amargurá-la e dificultar o seu restabelecimento.

Nesse momento, atingimos o jardim e fomos nos sentar sob uma pérgula coberta de trepadeiras floridas. Ao longe, o som de uma cascata. O aroma das flores enchia o ar com perfumes dulcíssimos. Parecia um verdadeiro paraíso, e eu não pude conter a admiração:

— Mas que lugar é esse tão lindo, que eu nem pensava existir? Será o céu ou o paraíso?

Alfredo riu gostosamente e respondeu:

—Nem uma coisa, nem outra. Estamos numa colônia espiritual, situada acima da cidade do Rio de Janeiro, para onde são trazidos espíritos que, como você, precisam de auxílio e proteção.

— E o que é, exatamente, uma colônia espiritual?

— Já disse. Um lugar para onde são trazidos espíritos enfermos que precisam de ajuda para curar suas feridas e compreender suas dores, preparando-se, então, para nova jornada de aprendizagem.

— Que jornada?

— Isso vai depender de cada um. Alguns preferem ficar por aqui algum tempo, estudando e trabalhando, enquanto outros partem para nova reencarnação. Sabe o que é isso, reencarnação?

— Já ouvi falar. Na Terra, tinha um amigo, Marcelo, que tentou me ensinar essas coisas...

Comecei a chorar. Era verdade. Marcelo tudo fizera para que eu entendesse, mas eu não quis compreender. Em vez disso, preferi permanecer alheia àquelas verdades, pois assim não estaria compromissada com a responsabilidade pelos meus próprios atos.

Alfredo, como que lendo meus pensamentos, tornou compreensivo:

— Não se culpe, Daniela.

— Mas eu errei, Alfredo. Hoje posso reconhecer isso. Não entendo como nem por que tudo isso aconteceu comigo. Mas o fato é que aconteceu, e eu não agi da forma mais correta.

— E qual seria a forma mais correta?

— Não sei. Desaparecer, sumir do mapa.

— E estaria assim resolvendo seus problemas?

— Ao menos os estaria afastando.

— Mas eles continuariam ali. Não pense, Daniela, que você é a única criatura no mundo a falhar. Todos nós, de uma maneira ou de outra, cometemos erros.

— Não tão graves como os meus.

— Quem é você para determinar a gravidade das coisas?

— Eu não quis dizer isso. Mas tenho consciência de que cometi erros terríveis. Se você soubesse...

— Sabe, Daniela, os erros existem porque precisamos deles para aprender e acertar. Ninguém aprende sem a experiência. Só quem já viveu ou passou por determinada situação é que pode dizer que sabe o que é ou como é. Por isso é que não se erra no mundo. Experiencia-se.

— Tem razão, Alfredo. Mas é que eu me julgo tão pecadora...

— Pois não se julgue. A noção de pecado é muito relativa, e nós não costumamos usar essa palavra aqui, porque ela sugere algo que, por atentar contra as leis de Deus, dificilmente poderá ser reparado ou perdoado. E hoje sabemos, Daniela, que não existe erro sem perdão ou reparação. O erro não deve ser entendido no sentido vulgar do pecado, mas, como disse, no de experiência. Digamos que seja um juízo mal interpretado e mal compreendido e que, por isso mesmo, nos leva a falhar naquilo que não estamos ainda maduros para entender e realizar.

— Falando assim, você até me faz sentir menos culpada.

— Você não é culpada. É responsável.

— Não é a mesma coisa?

— Não. A culpa traz em si o peso da condenação, e aquele que se sente culpado julga-se merecedor de todos os castigos, penas e aflições que venha a sofrer. A responsabilidade, por sua vez, implica compreensão e consciência, que é a capacidade que temos de entender os nossos atos e as suas consequências. E é essa mesma consciência que fará com que optemos por enfrentar determinadas situações, difíceis às vezes, como forma de aprender uma lição que não foi ainda bem compreendida.

— Você fala muito em compreensão. Mas compreensão de quê, meu Deus?

— De nós mesmos, Daniela, de nossos gestos, nossas experiências, nossos sentimentos. Daquilo que fazemos e que nos prejudica, a nós e ao nosso próximo. Vou usar a palavra *erro* apenas como ilustração, para que você possa entender o que digo. Quando compreendemos por que erramos, esse erro reverte a nosso favor e passa a ser a espinha dorsal de nossas atitudes. Isso quer dizer que os erros atuam como modelo para aquilo que não nos serve mais, e pautamos as nossas vidas pelas experiências adquiridas, que irão nos compelir a buscar um caminho de acertos — ele pousou a mão no meu joelho e acrescentou com doçura: — Agora venha. Chega dessa conversa. Você já recebeu informações demais por hoje.

Voltei para o meu quarto profundamente impressionada, não só com a colônia, mas principalmente com Alfredo. Ele era maravilhoso, tão maravilhoso que eu esperava que ele pudesse ser meu mestre dali para a frente.

CAPÍTULO TRÊS

Os dias foram passando e comecei a me sentir melhor. Alfredo era um excelente professor, além de amigo sincero e desinteressado. Aos poucos, fui me interessando pelos assuntos da colônia e busquei me instruir e aprender. Passei a frequentar diversos cursos, assisti a palestras, parti em visita a outras colônias. Foi maravilhoso e bastante proveitoso.

Não se poderia dizer, contudo, que eu estivesse feliz. Faltava-me algo, e eu sabia bem o que era. Durante todo o tempo em que estivera ali, não me atrevera a perguntar por meu irmão, mas a verdade é que Daniel ainda era único em meus pensamentos.

Certa noite, em que a saudade me apertava o peito profundamente, Alfredo me procurou, indo me encontrar sentada a um canto do jardim, apreciando as estrelas que iluminavam o céu.

— Oi — cumprimentou ele —, tudo bem?

— Tudo — respondi sem muita convicção.

— Sabe, Daniela, todos nós estamos notando o seu progresso aqui. Você se dedica a aprender, não se queixa, não vive a se lamentar. Até a ferida em seu coração já está melhorando e quase não sangra mais. Tem feito excelentes progressos.

Eu sorri e retruquei meio acanhada:

— Obrigada, Alfredo, estou me esforçando. No entanto...

— No entanto...

— Bem, a verdade é que sinto falta de meus... entes queridos.

Ele me lançou um olhar bondoso, segurou a minha mão e falou com ternura:

— Você se refere a Daniel, não é mesmo?

Eu corei e abaixei os olhos. Nunca havia tocado no nome de Daniel com ninguém e me surpreendi com a pergunta de Alfredo. Para mim, minha vida enquanto encarnada não era do conhecimento de ninguém, e respondi embaraçada:

— Alfredo, eu... não sabia que... bem, pensei que...

— Pensou que eu não conhecesse o seu passado, a sua história? — eu não respondi, limitando-me a assentir com a cabeça, e ele continuou: — Na verdade, Daniela, sei de tudo o que se passou com você.

— Você sabe?

— Sei sim.

— Mas como? Por que nunca disse nada?

— Porque não tenho esse direito. Você nunca tocou no assunto, e eu não quis invadir a sua privacidade. Cabe a você a escolha do melhor momento para se abrir, e eu não posso pressioná-la a me contar coisas que não me dizem respeito.

Abaixei os olhos e comecei a chorar. Estava envergonhada de mim mesma e não tinha coragem de encará-lo. Alfredo, porém, levantou-me o queixo e prosseguiu, olhando fundo em meus olhos:

— Por que chora, criança? Não é preciso sentir medo ou vergonha. Sou seu amigo e estou aqui para ajudá-la.

— Ah! Alfredo, o que não deve estar pensando de mim? Deve julgar-me a mais reles das criaturas.

— Minha menina, quem sou eu para julgá-la ou a quem quer que seja? Você é apenas mais um espírito em evolução, lutando para aprender e crescer com suas próprias experiências.

— Mas eu errei, e muito.

— É mesmo? E no que foi que errou?

Eu me enchi de coragem e resolvi desabafar:

— Ora, no quê? Para começar, tinha um romance ilícito e condenável com meu próprio irmão, cuja lembrança, ainda hoje, me domina e excita. Por causa desse amor, causei a morte de minha mãe, meu pai se tornou um homem amargo e detestável e, o que é pior, destruí a vida de Daniel e de sua noiva, matando-o e me matando logo em seguida. Sei que suicídio é pecado também. Como vê, não posso ser considerada um exemplo de virtude.

— E o que é a virtude para você?

— A virtude? Bem, a virtude são as nossas qualidades. E eu, infelizmente, não tenho nenhuma.

— Não acha que está sendo severa demais com você mesma?

— Acho que não. Tenho consciência de meus erros e sei que deverei pagar por eles um dia.

— Minha querida, não fale assim. Você sabe que não devemos falar, propriamente, em erros.

— Não? E como chama as besteiras que fiz?

— Digamos que você ainda não compreendeu algumas coisas e, por isso, não conseguiu agir de uma forma benéfica e saudável.

— Dá no mesmo.

— Não dá, não. Conforme lhe dizia no outro dia, quando encaramos nossas atitudes como erros, tendemos a nos sentir culpados, e a culpa é grande responsável pelos nossos fracassos. Por causa dela, deixamos de lado as nossas ações e permanecemos inertes, porque não nos sentimos merecedores de coisas boas ou, ao contrário, porque julgamos só merecer coisas ruins.

— Suas palavras são muito bonitas, mas continuo achando que querem dizer a mesma coisa. Se eu ainda não compreendi algo e por isso agi de uma forma que não é benéfica nem saudável, na verdade, cometi um erro. É a mesma coisa. A única diferença está no modo como emprega as palavras, que você usa de forma a suavizar e diminuir o peso que elas realmente têm.

— Que seja. As palavras servem apenas de instrumento para nossa comunicação, mas devemos prestar mais atenção à intenção com que foram proferidas do que ao seu real significado.

— Não entendi.

— Muitas vezes, as palavras não expressam aquilo que realmente queremos dizer. O erro, por exemplo, é uma palavra que traz a ideia de algo que foi cometido em desacordo com as normas e convenções, sejam elas sociais, morais ou espirituais. No entanto, procure entender o erro não com esse peso de imperfeição, de defeito, mas como ignorância ou mero engano quanto à interpretação daquilo que nos foi ensinado. Erramos porque não compreendemos ou porque compreendemos mal. Quando uma criança erra no seu dever de casa, ela não é punida nem castigada, e esse erro serve para que a professora a ensine novamente, e ela faz novo dever. Pode errar ou não, e a professora irá ensiná-la tantas vezes quantas forem necessárias, até que ela compreenda a lição e não erre mais. Entenda, Daniela, nós só erramos naquilo que ainda não aprendemos.

— Você quer dizer que meus erros só foram cometidos porque eu não sabia o que estava fazendo?

— Mais ou menos.

— Engano seu, Alfredo. Eu sabia bem o que fazia, sabia que era errado e, ainda assim, não pude deixar de fazer.

— Nesse caso, você só compreendeu com o raciocínio, mas não estava ainda madura para compreender com o coração. Não basta simplesmente aceitar a lição que nos é imposta. É preciso que compreendamos de verdade, e a compreensão é fruto do amor, porque vem de dentro, de nossa alma, de algo em que acreditamos como verdade porque nos ilumina internamente e nos aquieta e aquece o coração. É como o aluno que decora a lição porque não conseguiu raciocinar e compreender. Ele simplesmente aceitou o que lhe foi imposto, mas não conseguiu alcançar o seu real significado. Pode-se dizer que aprendeu? É claro que não, porque ainda não conseguiu interiorizar aquele ensinamento e aceitá-lo com naturalidade. Foi o que aconteceu com você. Você só conseguiu decorar que incesto é pecado e que você e Daniel não deveriam se relacionar, mas não entendeu por quê.

— Mas incesto não é mesmo pecado? Não foi errado o que fizemos?

— Você continua ainda presa ao conceito vulgar de certo e errado. O pecado é criação humana, não de Deus. Quando duas pessoas nascem ligadas por laços de sangue, vários motivos podem existir. Falando no seu caso específico, você e Daniel optaram por nascerem irmãos para aprenderem a desenvolver um amor mais sereno, mais puro e menos pernicioso para vocês e para seus semelhantes.

— Como assim?

— Digamos que você e Daniel, há muitas vidas, venham se destruindo em nome desse amor. Isso não é benéfico nem para você, nem para ele, nem para aqueles que, de alguma forma, estão relacionados a vocês.

— Quer dizer que sou responsável, ainda, pela queda de outras pessoas?

— Eu não disse isso. Pelo amor de Deus, Daniela, nem pense numa coisa dessas. Nós só somos responsáveis pelos nossos atos.

— Mas se você acabou de dizer que eu destruí pessoas ligadas a mim...

— Não foi isso que eu disse. Disse que você e Daniel desenvolveram um tipo de sentimento que não foi benéfico para ninguém. Se vocês prejudicaram alguém, isso só aconteceu porque esse alguém se deixou prejudicar, porque estava, de alguma forma, em sintonia com vocês. Quando um homem mata outro homem, é claro que o que foi morto, conscientemente, não consentiu naquilo. Mas pode ser que, internamente, tenha pedido aquele fim para *resgatar*, digamos assim, algo que fez e com o qual não pôde mais conviver. Então, julgou que a melhor forma de aprender fosse morrendo assassinado.

— Quer dizer que o assassino agiu corretamente?

— Ele foi um instrumento, o que não significa que não seja responsável, ele também, pelo seu próprio ato. Só serve de instrumento quem sintoniza com o gesto, pois que ninguém pode ser compelido a agir em desacordo com suas convicções ou com sua consciência. Assim, quem matou já traz em si a semente do crime e nada mais fez do que extravasar uma tendência que já possuía, seja por desafeto, seja por vingança, seja por ambição. Mas nada impediria, também, que o *assassino* houvesse, de alguma forma, evoluído naquele sentido e não quisesse mais assumir aquele tipo de responsabilidade. Nesse caso, o homicídio não existiria, e poder-se-ia dizer que o criminoso teria dado um grande passo em sua escalada evolutiva. Não se esqueça de que o homem possui livre-arbítrio e é, por isso mesmo, livre para agir de acordo com sua consciência e seu desejo.

— Alfredo, só você tem esse dom de me fazer sentir menos culpada.

— Não se culpe por nada, Daniela. Já lhe disse: tenha consciência, não culpa. Entenda o que lhe aconteceu e procure transformar o seu sofrimento em fonte de aprendizado. Mas sem culpas.

— É tão difícil, Alfredo.

— Eu sei. Não estou dizendo que é fácil. Todos nós vivemos carregados de culpas, e é por isso que ainda estamos aqui, lutando para crescer e nos libertar. O importante, Daniela, é tentar. Se você tenta, se você se esforça, está caminhando para a frente, para a sua própria evolução. O que não podemos é simplesmente cruzar os braços e deixar acontecer, como se tudo fosse inevitável. Tudo pode ser evitado e modificado. Basta querermos. Mas, o que geralmente acontece, é que ainda não acreditamos que podemos fazer diferente e modificar o nosso destino. Mas podemos. Se eu escolhi passar por uma situação difícil que me trará muitos ensinamentos, isso não quer dizer que eu tenha, necessariamente, que passar por ela. Posso muito bem, em determinado ponto de minha vida, acreditar que não preciso mais daquela dificuldade, porque acredito também que posso aprender de outra forma e, assim, modifico o meu destino. Só que, na maioria das vezes, não conseguimos alcançar essa crença e acabamos mesmo por passar por tudo aquilo que programamos, e o que poderia ter sido evitado acaba por se tornar inevitável.

— Como se isso fosse fácil.

— Não, não é. E muito poucas pessoas conseguem realizar isso. Por isso é que há tanto sofrimento no mundo. Mas não se preocupe. Seja como for, o homem está aprendendo e hoje, com certeza, sabe mais do que há quinhentos anos. Da mesma forma, nós, espíritos desencarnados, hoje sabemos muito mais do que ontem e vamos ajudando no progresso do mundo espiritual também.

— Como assim?

— Tomemos o seu exemplo. Há quinhentos anos, um espírito suicida costumava passar séculos no umbral, até que se desse conta de seu estado, de seus atos, se arrependesse, desejasse se modificar e pedisse a ajuda de Deus.

Isso porque era ainda muito primitivo, tinha aprendido pouco, tinha tido poucas experiências. Hoje, um suicida pode ficar muito menos tempo no umbral ou nem passar por ele. Tudo vai depender do quanto esse espírito já tenha compreendido e aceitado, e muito mais rapidamente vai tomar consciência da impropriedade de seu ato. E sabe por quê? Porque talvez já tenha passado por aquilo antes e aquele aprendizado esteja guardado dentro dele mesmo. Assim, ele vai acionar aquele ensinamento, vai recordá-lo e vai se conscientizar muito mais depressa. Então, por que passar trezentos anos no umbral se ele já compreendeu?

— Foi o que aconteceu comigo?

— Sim. Você ficou lá pouco mais de vinte anos, e isso foi suficiente. Ao contrário do que pensa, Daniela, você é um espírito que já alcançou um alto grau de compreensão, embora tenha ainda muitas coisas para aprender, dentre as quais, sua relação com Daniel.

Comecei a chorar de mansinho e abracei Alfredo. Ele era maravilhoso, e eu estava muito grata a ele por tudo. Cheia de emoção, sem conseguir soltar-me de seu pescoço, disse, a voz embargada:

— Obrigada, meu amigo, muito obrigada. Não sabe o bem que está me fazendo.

— Está feliz? — Eu assenti. — Então deixe-me dar-lhe uma notícia que, creio, muito irá alegrá-la.

Eu me afastei dele e perguntei espantada:

— Notícia? Do que se trata?

— Sua mãe, em breve, virá visitá-la.

— Minha mãe? Mas como? Meu Deus, não posso vê-la!

— Por que não? Não sente saudades dela? Não a ama?

— É claro que sim. Mas não posso me esquecer de que sou culpada pela sua morte e...

— E você não compreendeu nada do que conversamos.

— Não é isso, é que...

— Daniela, não se culpe pelo desencarne de sua mãe. Aquilo já estava programado. Além disso, se nem ela a culpa, por que você deve se sentir culpada? Ela a ama muito e está louca de vontade de vê-la.

— Verdade? Não está chateada comigo?

— Mas o que é isso? Sua mãe é um espírito amigo e sempre se preocupou com você e com seu irmão. Mesmo depois que desencarnou, continuou a velar por vocês e muito contribuiu para o seu resgate das trevas.

— É mesmo? Eu não sabia.

— Há muitas coisas que você não sabe. Então? Não está satisfeita de saber que sua mãe venha visitá-la?

— Oh! Alfredo, desculpe-me. É claro que estou feliz. Há muito gostaria de falar com ela, pedir-lhe perdão.

— Perdoar ao próximo e a si mesmo é uma grande virtude. Então, aproveite a oportunidade. Se pedir-lhe perdão irá acalmar o seu coração, faça isso.

Depois daquela conversa, voltei para o meu quarto. Estranhamente, sentia-me mais feliz, mais segura, menos criminosa. Pensei em minha mãe e comecei a chorar de saudade. Há quanto tempo não a via nem ouvia falar dela. Seria muito bom reencontrá-la, e eu, intimamente, voltei meus pensamentos a Deus e agradeci.

CAPÍTULO QUATRO

Uma semana depois, eu estava em meu quarto, me preparando para receber a visita de minha mãe, quando Alfredo bateu à porta e entrou.

— Olá — cumprimentou, sorridente. — E então? Animada para o encontro com sua mãe?

— Estou muito ansiosa — virei-me para o espelho e perguntei: — Será que estou bem?

— Você está linda.

— Ora, mas que bobagem a minha. Até parece que isso é importante aqui. Nem sei por que tem esse espelho no meu quarto.

— Cultivar a beleza, Daniela, traz refinamento ao espírito e leveza ao coração. Foi por isso que colocamos esse espelho em seu quarto, para que você possa se sentir bela, porque você traz em si o gosto pela beleza.

— Puxa, eu não sabia. Pensei que ser bonito ou feio não fosse importante para os espíritos.

— Você está confundindo as coisas. Quando falo em beleza, refiro-me ao cuidado pessoal, ao aspecto de limpeza, de serenidade, à luz que irradia de um rosto bondoso e alegre. É o viço, Daniela, que enche de cor e de luz qualquer semblante feliz e em paz consigo mesmo. O que é feio é a maldade, a sujeira, o desleixo, o mau humor. Coisas que transformam até a mais linda face num espelho de feiura. Cultivar a beleza é muito saudável e positivo, desde que se tenha o cuidado para que isso não se transforme em motivo de fútil ostentação. Bem, agora chega. Já está pronta?

— Estou.

— Podemos ir, então?

— Minha mãe já chegou? Onde está?

— Ela a aguarda no jardim.

Em silêncio, saímos do alojamento e seguimos em direção ao jardim. Estava um dia ensolarado e fresco, e avistei minha mãe sentada à beira de uma fonte, mexendo na água com as mãos. Alfredo me indicou o caminho e se foi. Não queria nos atrapalhar.

— Mamãe — chamei, emocionada.

Ela se virou para mim com um sorriso, e foi então que pude entender a concepção de beleza de que Alfredo havia pouco me falara. Minha mãe estava, realmente, muito bonita. As faces coradas, a pele lisa e suave, os cabelos grisalhos e lustrosos. Era a imagem da felicidade.

Ao me ver, estendeu os braços para mim, e eu me aninhei neles, como um passarinho sob as asas da mãe. Comecei a chorar, meu corpo todo tremendo de emoção. Minha mãe deixou que eu ficasse ali, presa em seu abraço, acariciando meus cabelos com ternura e compreensão. Senti tanto amor naquele gesto que, de repente, foi como se nada mais no mundo importasse de verdade, apenas o amor que ela tinha para me dar.

Depois de muito tempo (não sei nem quanto tempo ficamos assim), ela me afastou, segurou meu rosto entre as mãos e pousou em minha face um beijo carinhoso e prolongado, olhando-me em seguida nos olhos, bem profundamente, dizendo:

— Daniela, minha filha, como estou feliz em poder encontrá-la.

— Mãe, eu... nem sei o que dizer... Há tantas coisas que gostaria de falar, que nem sei por onde começar.

— Vamos nos sentar ali naquela sombra e poderemos conversar com mais tranquilidade.

Ela segurou a minha mão e foi me conduzindo para um banco, debaixo de uma árvore florida, bem em frente à fonte. Logo que nos sentamos, deitei a cabeça em seu colo e desabafei:

— Perdoe-me, mãe! Perdoe-me! Eu não queria...

— Psiu! Minha criança, não chore. Você não me fez nada, não há o que perdoar.

— Há, sim. Eu matei você com meu egoísmo, minha paixão cega e enlouquecida. Mas eu não queria, juro que foi sem querer. Você não sabe o quanto sofri em silêncio após a sua morte, sentindo-me culpada... Mas foi um acidente, juro. Naquele dia, eu estava desesperada e tinha medo do que papai pudesse fazer conosco se você lhe contasse o que vira. Só tentei impedi-la, mas você não quis ficar, queria ir chamar papai. Eu me apavorei, segurei a sua camisola e você caiu. Eu não a empurrei, mamãe, você caiu. Por favor, acredite em mim. Não foi de propósito, eu não queria. Eu a amava... — eu soluçava quase em desespero. — Ainda a amo. Jamais faria algo para machucá-la. Sei que a magoei com minha atitude, mas não foi por querer. Eu só queria ficar ao lado de Daniel, era só o que me importava. Sei que você tentou me ajudar, mas eu não queria a sua ajuda. Não daquele jeito. Por isso, não podia deixar que você falasse com papai novamente. Ele iria nos mandar embora, iria nos separar de vez, e eu não poderia suportar. Mas não queria matá-la. Foi sem querer, foi um acidente infeliz, uma crueldade do destino. Por favor, mãe, acredite em mim e perdoe-me! Perdoe-me!

Eu estava descontrolada. A culpa, que me roera durante todos aqueles anos, finalmente saíra, e eu podia agora tentar me reconciliar com minha mãe. Estava tão transtornada que mal podia concatenar as ideias, e as palavras foram saindo aos borbotões, meio desencontradas. Eu chorava feito uma criança, agarrada ao colo de minha mãe, manchando suas roupas com minhas lágrimas sentidas.

Ela ficou acariciando meus cabelos e beijando minha cabeça, sem dizer nada, até que eu me acalmasse. Minha mãe compreendia o que se passava comigo e deixou que eu colocasse tudo para fora, até quase me esvaziar. Só assim estaria preparada para conversar com ela. Mas eu precisava daquele desabafo, e muito me fez bem falar sobre aquele dia, ainda que depois eu compreendesse que nada daquilo era real. Ao final de muito tempo, quando me acalmei e serenei o pranto, minha mãe disse com doçura:

— Está bem, Daniela, não precisa mais se desesperar. Sei que é bom desabafar, mas agora deixe que eu fale. Tudo isso já passou e não aconteceu assim, da forma como você coloca, cheia de peso e de culpa. Eu sei que você não me *matou*, que não quis me ferir, que sempre me amou. Naquele dia, fui em busca de seu pai porque eu também estava desesperada, sem saber o que fazer. Sou mãe, e a pior dor para uma mãe é ver o sofrimento de seus filhos. Eu condenei vocês, sim, porque julguei um erro e um pecado aquilo que vocês estavam fazendo. Quando encarnada, não tinha o conhecimento que tenho hoje. Não sabia por que você e Daniel praticaram um ato que eu, na época, considerava abominável. Em minha ignorância, pensei que vocês fossem desequilibrados ou loucos e achei que seria melhor separá-los, ainda que abruptamente, e que um psiquiatra resolveria aquele problema... — ela fez uma pausa, parecendo evocar as lembranças daquele dia, e continuou com lágrimas nos olhos: — Eu estava errada...

— Mãe...

— Não. Deixe-me terminar. Não quero falar sobre isso agora. Falemos de meu desencarne. Sei que não foi de propósito, também não foi um acidente. Na luta para me desvencilhar de você, eu perdi o equilíbrio e caí, fraturando o pescoço. Aquilo estava programado. Minha alma já havia escolhido aquela forma de desenlace, assim como a sua também optou por estar presente naquele momento tão doloroso. Não foi um acaso. Foi uma combinação, digamos assim, uma opção que fiz para me perdoar de algo que fiz no passado. Há muitos anos, em outra vida, causei a sua morte em situação semelhante e, embora eu sinceramente me arrependesse, você não conseguiu me perdoar. Daí porque nós duas escolhemos nos envolver naquele acidente. Para mim, foi uma forma de passar por aquilo que infligi a você. Não que quisesse me castigar. Mas pretendia, com isso, rever a minha atitude quando, por descuido, empurrei você por um penhasco abaixo. Para você, foi uma forma de reconhecer como é dolorosa a ausência de perdão, e você experimentou consigo mesma aquilo que, em outra época, não soube ou não pôde conceder. Você quis experimentar como é se sentir culpada, para depois alcançar o perdão, e o perdão mais difícil de se obter é o da nossa própria consciência. Infelizmente, você não entendeu esse processo, e a culpa a corroeu por dentro, fazendo com que deixasse de lado a prática do perdão, que você deveria aplicar em si mesma.

Eu estava surpresa. Jamais poderia supor que a vida se engendrasse assim, de forma tão perfeita e maravilhosa. No entanto, não podia ainda compreender por que minha mãe nos abandonara no momento em que mais precisávamos dela e perguntei:

— Mas por quê, mãe? Por que teve que partir tão cedo, deixando-nos ao abandono?

— Não, minha filha, eu jamais os deixei ao abandono. Durante todo o tempo, estive ao seu lado e de Daniel, rezando e pedindo por vocês, embora vocês não pudessem me ver ou sentir. Acontece, porém, que eu tinha meu próprio tempo na Terra, e minha missão com vocês estava terminada no exato momento em que desencarnei. Eu pedi um tempo exíguo, para que pudesse orientá-los e mostrar-lhes o quanto aquele sentimento era prejudicial a vocês. E foi o que tentei fazer, da forma como entendia, porque eu também precisava aprender com ele. Mas era preciso que vocês mesmos conseguissem conter seus instintos e desejos, transformando aquele sentimento possessivo e adoecido em amor verdadeiro, sem ciúme, apego ou sensualidade. Era o que esperávamos conseguir com a fraternidade, e foi por isso que você e Daniel nasceram irmãos gêmeos. Para que aprendessem a amar sem destruir.

— E papai?

— Seu pai também sofreu muito. Mas ainda não é hora de falarmos sobre isso. Ele quer se preparar antes de reencontrar você.

— Mãe, do jeito como fala, faz parecer que incesto não é pecado, que não é uma coisa feia ou errada.

— Minha filha, o pecado está no coração do homem, e não naquilo que se convenciona ser certo ou errado. Deus não está preocupado com as convenções ou as normas. Preocupa-se com que aprendamos a ser felizes, e a felicidade somente poderá ser alcançada no dia em que compreendamos o que é, verdadeiramente, o amor. Quem ama não erra, não maltrata, não magoa, não fere. Quem se reconhece amado não se deixa atingir, nem magoar, nem ferir. O amor tudo pode, tudo constrói, tudo fortifica e fortalece. Porque compreende. A compreensão plena é fruto do amor verdadeiro, pois só um coração puro é capaz de ver na maldade e no sofrimento uma ponte para a perfeição. No futuro, o mal e as dores não existirão, porque aqueles que praticaram a maldade já terão aprendido com ela que ninguém pode ser feliz fazendo o mal.

— Mamãe, você é tão boa, tão carinhosa, tão amiga...

— Sim, minha filha, serei sempre sua amiga e de Daniel, e sempre os estarei apoiando, não importa o que façam ou o que tenham feito.

— Você nos apoiaria, ainda que caíssemos novamente? Estaria disposta a apoiar nossos erros sempre?

— Apoiar não significa compactuar, mas entender e ajudar, sem críticas ou julgamentos.

Chorei de emoção. Minha mãe era maravilhosamente sábia, e eu fiquei muito feliz por ter tido o privilégio de ser sua filha.

Já me sentia menos culpada pelos meus erros e comecei a encarar a minha vida com mais naturalidade. Dali para a frente, consegui enxergar, ao menos em parte, que tudo acontecera conforme o nosso preparo moral, porque era necessário para o nosso aprendizado e crescimento. Não que achasse certo o que fizéramos. Não era isso. Sabia que não era apropriado e tudo faria para me corrigir. Mas conseguira tirar o peso da culpa de meus ombros e passei a me olhar, a mim e a Daniel, como crianças rebeldes que optaram por gazetear, em vez de estudar a lição. Mas, como na vida, onde o aluno que não aprende é reprovado e tem que repetir o ano, assim também meu irmão e eu, que não conseguíramos entender nada do que nos havia sido ensinado, iríamos repetir o ano, e eu esperava que, na próxima oportunidade que nos fosse dada, pudéssemos, finalmente, aprender.

CAPÍTULO CINCO

Desde meu encontro com minha mãe, senti que minha vida começou a mudar. Eu agora já estava um pouco mais calma, e a culpa, aos poucos, foi diminuindo. Mas eu ainda tinha muitas coisas a trabalhar. Afinal, o incesto, o homicídio e o suicídio não estavam ainda resolvidos, e eu também não conseguia dar conta dessas dores. A ferida em meu peito, por outro lado, já quase sarara. Às vezes, quando me emocionava muito, ela começava a sangrar, empapando as bandagens de algodão que Alfredo colocava sobre elas.

Meu perispírito fora muito maltratado. Não só pelo ferimento à bala, mas também pela vida dissoluta que levara. Eu sempre valorizara muito o sexo, tanto que não podia prescindir dele. Mesmo quando Daniel me abandonara, eu havia precisado desesperadamente de sexo e, não fosse Marcelo, teria me entregado a qualquer um que me quisesse. Além disso, havia começado a beber, e bebia bastante. Não eram raras as ocasiões em que me embebedava, e o meu fígado já começara a se ressentir dos abusos. Talvez pela raiva que sentia por perder Daniel. Pensei se, como meu pai, não teria desenvolvido alguma espécie de câncer no fígado.

Tudo isso contribuiu para a lesão que imprimira em meu perispírito. No entanto, minha vontade de mudar era tão grande que ele aos poucos foi se refazendo, e eu quase não sentia mais dor. Um dia, estava no consultório de Alfredo para trocar as bandagens, e começamos a conversar.

— E então, Daniela, melhorou?

— Melhorei, sim.

— Hum... o ferimento já está quase cicatrizado.

— Alfredo, será que vai desaparecer? Será que vou reencarnar com alguma sequela?

— Isso eu não posso afirmar. Vai depender de você, do quanto você mesma vai se melhorar.

— Sabe, Alfredo, hoje em dia me arrependo tanto de ter me suicidado.

— Que bom. Já é um grande passo para a sua transformação.

— Por que o suicídio é tão prejudicial a nós mesmos?

— Porque interrompe o processo de evolução, destruindo algo que tomamos por empréstimo, que é o nosso corpo físico. Quando você empresta algo a alguém, o mínimo que espera é que esse alguém tenha cuidado com o que lhe pertence e o devolva inteiro. Assim é a nossa matéria. Deus nos emprestou um corpo para que o usássemos segundo as nossas necessidades, para que ele cumprisse a sua utilidade, que é a nossa própria evolução. Mas se nós não damos importância a isso, se destruímos o que está a nosso serviço, mas que não nos pertence, temos que prestar contas a quem nos emprestou.

— Hoje lamento muito esse ato impensado. As consequências estão sendo terríveis.

— Mas jamais serão irreversíveis. Logo, logo, você estará livre de tudo isso.

— Assim espero.

Quando saí dali, fui dar uma volta. Tinha muitas coisas a pensar e estava começando agora a me compreender. No entanto, havia algo que eu não entendia e que havia muito me intrigava. Por que Daniel e eu estávamos tão ligados? Por que aquele sentimento nos unia quase como se fôssemos um só? Eu precisava saber. Só assim poderia, de verdade, transformar a minha vida e partir para um rumo melhor e mais bonito.

No dia seguinte, decidida, fui procurar Alfredo novamente. Queria saber e pensava que ele poderia me esclarecer. Quando expus minhas dúvidas, ele me encarou serenamente e perguntou:

— Quer recordar o passado?

— Se for a melhor forma de saber, sim.

— Está bem, Daniela, verei o que posso fazer. Vou pedir autorização para esse processo de rememoração e, se for concedida, eu mesmo irei procurá-la para iniciarmos os procedimentos.

Saí agradecida. No entanto, quando Alfredo me procurou, disse que o pedido havia sido negado. Eu estava ainda muito *crua* no mundo dos espíritos, e lembrar do passado, naquele momento, só serviria para me confundir ainda mais. Era preciso que eu esperasse, que aprendesse um pouco mais, que me preparasse emocional e psiquicamente para o que iria rememorar. Não posso dizer que não fiquei decepcionada. Fiquei, e muito. Esperava sair dali já com tudo na cabeça, mas não foi o que aconteceu e eu tive que me conformar.

Passei então a me dedicar com mais empenho aos estudos e às orações. Se antes eu só frequentava os diversos cursos que a colônia oferecia, agora assistia também às sessões de oração e comecei a ver em Deus não um protetor benigno, porém distante, mas um amigo com o qual se pode contar em todos os momentos, sejam eles fáceis ou difíceis.

Aprendi que Deus não é um sonho distante, mas uma realidade bastante presente, porque aprendi a buscar Deus dentro de mim. Foi muito bom me reconciliar com Ele. Até então, embora eu lhe fosse muito grata por me haver tirado daquelas trevas, via na figura de Deus a imagem do Pai inacessível, que ampara seus filhos de longe, por detrás dos bastidores, sem se deixar ver ou tocar. Mas depois que conheci os benefícios da prece, pude me sentir bem mais reconfortada, e a certeza de que Deus estava sempre presente, ao meu lado, fez com que eu O sentisse mais próximo de meu coração.

Foi só lá pela quarta tentativa que consegui autorização para relembrar meu passado. Alfredo me acompanhou durante toda a sessão de rememoração que, no meu caso específico, se deu por um processo muito semelhante à hipnose.

Não vou tentar precisar quando tudo começou, porque as origens de meu amor por Daniel acabaram se perdendo em minhas próprias lembranças, de tão antigas que eram. Creio que, desde os alvores do mundo, já nos amávamos, porque tive uma vaga lembrança de uma vida, no Egito ou na Etiópia, onde éramos rei e rainha extremamente cruéis, e não hesitávamos em exterminar qualquer um que ousasse se interpor entre nós.

Revi brevemente algumas encarnações bem remotas, como na Grécia antiga, na Roma de Nero e até na Índia, e estávamos sempre juntos, matando, roubando e tripudiando para alcançar nossos objetivos. Em todas elas, nós nos uníamos para destruir e sabíamos que nossa união era poderosa, sempre a serviço do mal. Além disso, havíamos desenvolvido uma sensualidade exacerbada e desenfreada, e não raras eram as vezes em que matávamos para nos excitar. O cheiro de sangue funcionava como essência afrodisíaca, e costumávamos nos amar logo em seguida à execução de nossas vítimas.

Hoje, revendo tudo isso, percebo o quanto éramos primitivos, e o quanto também era primitivo o nosso amor. Pude compreender por que estávamos tão ligados. Nós nos acostumáramos a nos encontrar sempre, e parecia que havíamos conseguido a ligação perfeita. Éramos almas gêmeas.

Esses encontros, que tinham começado havia muitos séculos, foram se repetindo a cada nova reencarnação, e nós sempre nos desvirtuávamos do caminho que primeiro havíamos escolhido, para nos entregarmos a todo tipo de loucuras e excessos. Não poderíamos, portanto, nos desligar assim tão de repente. Vivíamos praticamente em simbiose, tanto na carne quanto em espírito, e separar-nos era tarefa das mais árduas e dolorosas. Era preciso que compreendêssemos a necessidade da separação, porque desperdiçáramos todas as chances que tivéramos para, juntos, conquistarmos a vitória. Estava claro que nossa união, da forma como estávamos acostumados, jamais seria proveitosa e acabaria sempre nos atirando no mesmo precipício da imperfeição.

Lembro-me de uma vez, no princípio da Idade Média. Eu era então uma nobre inglesa, sempre às voltas com meus tesouros e minhas terras. Minha mãe fora mesmo minha mãe e morrera quando eu era ainda muito criança. Fui criada por meu pai, hoje Marcelo, em meio aos mimos e caprichos, e crescera acostumada a ter tudo o que desejava. Casei-me com um barão extremamente influente e importante, não porque o amasse, mas porque era rico e muito poderoso, apesar de bem mais velho. Esse barão foi meu pai na vida que agora terminara.

Daniel era um rapaz musculoso e atraente, capitão do exército pessoal de meu marido (ou meu pai), casado com Ana Célia. Dada a sua extraordinária beleza, logo me interessei por ele e tudo fiz para atraí-lo até minha cama, mas ele sempre se esquivava de mim, temendo uma reação violenta de meu marido. Até que, um dia, a sorte pareceu me sorrir, e ele foi a meus aposentos, levando um recado que acabara de ser entregue nas portas do palácio. Meu marido, ausente numa caçada, informava que iria se demorar ainda um pouco mais, pois encontrara o rei de um feudo vizinho, muito amigo seu, que o convidara a passar uns dias em seu castelo.

Quando ele entrou, eu estava lendo uns pergaminhos e larguei-os logo que o vi. Depois que o recado foi dado, o capitão se dirigiu para a porta do quarto, e eu, mais que depressa, me interpus em seu caminho. Ele ficou confuso e estacou, com medo de me ofender. Mais que depressa, segurei a sua mão e coloquei-a em meu seio, e ele não resistiu. Agarrou-me com furor, e nós nos amamos ali mesmo, no chão, sem dizer uma palavra. Quando terminamos, ele me beijou e se foi. Daí em diante, sempre que meu marido saía, ele ia ao meu quarto e nós nos amávamos.

Com o passar do tempo, nosso amor foi se intensificando, e meu marido e a esposa de Daniel acabaram por se tornar um empecilho à nossa felicidade. Decidimos nos livrar de ambos. Foi fácil com Ana Célia. Ela era uma moça pobre e sem títulos, e não haveria ninguém que se preocupasse com a sua sorte. Eu mesma dei a Daniel o veneno com que iria matá-la, e ele deitou a poção em seu cálice de vinho sem que ela percebesse. Minutos depois, o veneno fizera efeito, ela caíra fulminada, e a morte foi tida como natural, provavelmente por problemas de coração.

Já meu marido seria mais difícil. Ele era poderoso e vivia cercado de guardas. Fui procurar meu pai (Marcelo). Ele gostava de mim e era muito ambicioso. Sem pudor ou constrangimentos, contei-lhe de minha paixão por Daniel, pedindo-lhe conselhos sobre a melhor forma de me livrar de meu marido. Marcelo, meu pai, a princípio ficou preocupado. Até que gostaria de poder usufruir da fortuna de meu marido, desperdiçando-a em bebidas e mulheres, como era de seu prazer, mas tinha medo das consequências que a morte de um homem tão poderoso poderia gerar.

No entanto, a ganância acabou falando mais alto. Invadido pela cobiça, meu pai concordou em me auxiliar, em troca de uma considerável soma em ouro. O trato foi feito, e meu pai executou o seu plano. Subornou o soldado de maior confiança de meu marido, oferecendo-lhe uma pequena fortuna, e ele o matou a punhaladas, em sua barraca, enquanto dormia após um longo e exaustivo dia de caçada. Como ninguém vira nada, e o soldado escolhido era de inteira confiança, o crime acabou por passar impune e nós ficamos livres para viver o nosso amor.

Meu pai recebeu o seu dinheiro, e Daniel e eu passamos a viver juntos, após o período próprio do luto, sem levantar muitas suspeitas. Mantivéramos um romance tão secreto que ninguém nunca chegara a desconfiar. Eliminados todos os obstáculos, passamos a viver com relativa tranquilidade, mas nossa sensualidade desenfreada fez com que vivêssemos entregues a um amor promíscuo, envolvendo outras pessoas em nossas relações, homens ou mulheres, não importava. A única coisa que tinha importância era que queríamos sentir prazer e escolhíamos sempre mais uma ou duas pessoas para fazerem sexo conosco, em geral adolescentes recém-saídos da puberdade. Daniel e eu vivíamos pelo sexo e para o sexo, e só paramos de nos envolver dessa forma quando o peso da idade começou a tolher as nossas forças.

Apesar dessa vida dissoluta e criminosa, o fato é que a atravessamos sem maiores dificuldades. Os crimes que cometemos jamais foram descobertos, e nós morremos levando conosco nossos segredos de horror.

Depois disso, lembro-me de outra época, ainda na Inglaterra. Eu era agora uma jovem aldeã, filha de um pobre pescador, que nada tinha de meu. Era bonita, e os homens da região viviam a me assediar, embora meus pais tudo fizessem para me afastar de seus olhares lúbricos.

Um dia, interessei-me por um jovem forasteiro que para ali fora juntamente com a família. Era casado e tinha dois filhos, o que, a princípio, pareceu um empecilho aos meus planos de conquista. No entanto, o jovem também se interessou por mim e, em pouco tempo, tornamo-nos amantes. Sua esposa, de constituição frágil, adoecera subitamente, e víramos ali a chance que queríamos para viver plenamente nossa paixão. Não precisamos matá-la. Bastou que deixássemos a natureza agir e, em pouco tempo, ela havia perecido, vítima da febre. É claro que o forasteiro era Daniel, e sua esposa, novamente, era Ana Célia.

Aquilo para nós foi motivo de imensa alegria. Contudo, havia ainda meus pais, que não consentiram no meu consórcio com o rapaz. Meus pais, dessa vez, foram outros, que não têm ligação com o resto da minha história. Meu pai mesmo se encontrava ainda no umbral, e minha mãe permanecera na vida espiritual, na esperança de poder resgatá-lo.

Bem, eles haviam recebido a proposta de um fidalgo idoso e viúvo, cansado da solidão. O homem era muito rico, e meus pais viram nele um excelente negócio. Fiquei horrorizada e tentei protestar. Eu era linda e jovem, e não estava a fim de enterrar a minha vida no castelo de nenhum velhote. Contei-lhes de minha paixão por Daniel, mas eles nem me ligaram importância. Disseram que aquele amor era impossível e que tudo já estava arranjado. O casamento se realizaria dali a um mês, e eu me mudaria para o castelo. Não tinha com o que me preocupar. O homem era abastado e generoso, e me daria uma vida de rainha.

Mas eu jamais poderia aceitar aquela vida insossa, longe do homem a quem amava. Numa madrugada fria, fugimos, deixando para trás as duas crianças, adormecidas em seus leitos. Mais tarde soubemos que elas haviam sido adotadas por uma família da região, que não as tratava lá muito bem. E assim fomos vivendo um para o outro, sem ligar a menor importância a quem quer que nos rodeasse.

Depois, revi outra encarnação, em que Daniel e eu nascêramos homens. Éramos amigos e muito ligados. Ana Célia e Marcelo eram meus irmãos, e meus pais continuavam os mesmos. Desde a infância, Ana Célia demonstrou enorme interesse por Daniel e ele, a princípio, pareceu se interessar também por ela. Mas eu, sem saber o motivo, também comecei a gostar dele, e aquilo me horrorizou. Daniel e Ana Célia acabaram se casando, embora eu estivesse certa de que o amava acima de todas as coisas. No entanto, naquela época, o homossexualismo era punido até com a morte, e pensei não estar disposta a enfrentar um preconceito que sabia não poder vencer.

Depois do casamento, eles passaram a morar em uma vila perto da nossa. Marcelo era muito meu amigo, e minha mãe, muito boa e afetuosa. Ela já começara a evoluir seu espírito, despertando para verdades que nós, Daniel, papai e eu, estávamos ainda muito longe de conhecer.

Todos os domingos, Daniel e Ana Célia vinham nos visitar, ou então éramos nós que íamos até sua casa. Cada vez que o encontrava, meu sangue parecia ferver, meu coração disparava, a respiração me faltava. Ele também sentia o mesmo por mim, e passamos a trocar olhares e a inventar desculpas para nos aproximar. Tudo isso era feito sem que pudéssemos reconhecer para nós mesmos que estávamos apaixonados um pelo outro. Éramos dois homens, e essa paixão, mais do que proibida, seria motivo de escândalo e vergonha para nossas famílias.

Até que, um dia, o pior aconteceu. Nós dois saímos a cavalo e resolvemos parar para descansar. Fazia calor e o sol estava muito quente. Descemos do cavalo e fomos nos sentar debaixo de uma árvore frondosa, que fornecia uma sombra fresca e agradável. Inocentemente, começamos a conversar sobre amenidades, até que a conversa se desviou para o campo amoroso. Ele queria saber se alguma moça já me havia conquistado o coração. Eu disse que não, que não havia ninguém, e começamos a rir e a fingir que estávamos lutando, como faziam os rapazes saudáveis da época. De repente, eu estava sobre ele, imobilizando seus braços, e foi quando senti uma estranha sensação percorrer todo o meu corpo. Ele sentiu a mesma coisa, porque paramos de rir ao mesmo tempo e nos beijamos e fizemos amor.

Quando terminamos, estávamos arrasados. Éramos homens, como podíamos ter feito e sentido prazer com aquele sexo imoral? Sabíamos que, se alguém descobrisse, seria o nosso fim, e juramos que aquilo não iria se repetir. No entanto, como conter a paixão e o desejo? Nós nos amávamos e não podíamos evitar. Não sabíamos como tinha acontecido, mas o fato é que acontecera. Embora lutássemos contra aquele sentimento, ele foi mais forte do que nós, e continuamos a nos encontrar e nos amar, cada vez mais intensa e loucamente.

Daniel, como era de se esperar, começou a ficar diferente em casa, e até eu tinha ataques estranhos, variando de humor a cada instante. Minha mãe ficou muito preocupada, achando que talvez eu sofresse de algum tipo de loucura, e meu irmão conversava comigo, tentando fazer com que eu lhe contasse a verdade. Só meu pai parecia adivinhar o que estava acontecendo. Certa ocasião, ouvi quando ele dizia a minha mãe:

— Esse rapaz anda muito estranho. Já reparou como ele tem certos trejeitos efeminados? E por que não se interessa por nenhuma moça? É jovem, está na idade de aproveitar a vida. No entanto, prefere ficar em casa e só sai em companhia do cunhado. Será que não é homem, meu Deus?

Minha mãe, embora seu coração a alertasse, recusava-se a crer em suas desconfianças e procurava afastar aquelas ideias da mente de meu pai.

— Não pense nisso. Ele é muito jovem. Apenas não encontrou ainda a moça certa.

Meu pai se calava, mas não se convencia.

Um dia, saíramos para fazer um piquenique e, enquanto todos estavam repousando, Daniel e eu fomos dar uma caminhada. Estávamos no alto de uma montanha, e o mar lá embaixo se agigantava revolto, as ondas batendo nas pedras com fúria. Era uma visão linda e aterradora.

Daniel, de repente, sentiu uma tontura, e eu o amparei para que não caísse. Nesse gesto, ele segurou minha mão e a levou aos lábios, beijando-me logo em seguida. Começamos a nos acariciar e a nos despir com furor, até que ouvimos um grito agudo e estacamos apavorados. Ana Célia e minha mãe estavam ali, paradas bem ao nosso lado, as faces pálidas de horror.

Ana Célia, desesperada, desatou a correr, e Daniel partiu em seu encalço. Mas eu, de tão assustada, não pude me mover e fiquei ali chorando, implorando a minha mãe que me perdoasse. Ela, sem saber o que fazer, partiu para cima de mim e começou a me esbofetear, e eu me deixei bater passivamente. Minha mãe estava envergonhada e não queria que meu pai descobrisse a verdade, não queria que ele sofresse.

Ela me batia e gritava:

— Por quê? Por quê? Não lhe demos tudo? Por que nos envergonha assim, seu miserável?

Acabou me empurrando penhasco abaixo. Até hoje me lembro da sensação do vazio, da queda livre no espaço, da momentânea liberdade de estar solta no ar. Breve, porém, meu corpo atingiu a água e logo foi atirado nas pedras e engolido pelas ondas. Eu morrera e quase passara a odiar minha mãe.

Em suas orações, ela me pedia perdão, jurava que não tinha feito por querer. Afirmava que me empurrara num momento de loucura e que jamais poderia prever que eu despencaria daquele jeito. Não pensou que eu estivesse tão na beira do penhasco e chorava de dor. Eu, porém, viva do outro lado, escutava suas preces com indiferença. Não podia perdoar aquele gesto cruel, que me arrancara da vida de forma tão abrupta.

Daniel, por outro lado, nunca mais foi o mesmo e passou a viver atormentado, com medo de tudo, envergonhado de si mesmo. Meu pai só não cortou relações com ele por causa de Ana Célia. Ela era sua filha, e eles precisavam manter as aparências. Não iria aceitar uma filha descasada por causa do irmão, que se apaixonara pelo cunhado e com ele mantivera insidioso romance. Não, definitivamente, não. Jamais poderia suportar tamanha vergonha.

Disseram a todos que o filho morrera tragicamente ao escorregar da beira de um penhasco. Ninguém tinha motivos para suspeitar dessa versão, porque ninguém sequer podia conceber a ideia de que uma família tão ilustre pudesse estar *manchada* pela vergonha da pederastia.

Essa havia sido minha antepenúltima encarnação. Na que sucedeu, meu pai foi novamente meu pai, e Ana Célia, novamente, minha irmã mais nova. Minha mãe, como sempre, aceitara o encargo de me ter como filha, e assim foi.

Vivíamos bem, e meu pai planejara para mim um casamento de pompa com o jovem filho de um nobre vizinho. Esse jovem era Marcelo e tinha um irmão mais moço, que era Daniel, à época com apenas seis anos de idade. Eu, onze anos mais velha, casei-me com Marcelo e fui morar em sua casa, junto com seus pais e seu irmão.

Quando Daniel alcançou a idade de catorze anos, comecei a me sentir atraída por ele, e ele por mim. A paixão novamente irrompeu em nós e tornamo-nos amantes. Eu contava então vinte e cinco anos, e Daniel não era mais que um menino.

Ele e Ana Célia eram praticamente da mesma idade e logo começaram a namorar, o que me deixou louca de ciúmes. Ele, porém, me tranquilizava, dizendo que seu amor era por mim e que só aceitara namorar Ana Célia para não despertar suspeitas. Eu fui me acalmando e acabei aceitando, confiante no seu amor.

Um dia, porém, recebemos a notícia de que Ana Célia estava grávida. Foi um choque para todos nós, especialmente para papai, de uma rigidez inigualável. Daniel foi chamado e acabou por confessar a verdade. Tinha, num momento de insensatez, arrebatado a honra da menina, mas se comprometia a reparar o erro, casando-se com ela. A princípio, foi uma confusão danada. Meu pai esbravejou, queria matar, expulsar a filha de casa. Mas depois, quando o pai de Daniel foi conversar com ele, papai acabou aceitando a situação, e marcaram o casamento para breve.

Fiquei desesperada. Aquilo não podia estar acontecendo. Fui procurar Daniel para tomar satisfações, e ele me disse que eu, com meus trinta e poucos anos, já estava ficando velha, e que ele precisava de uma esposa jovem para manter as aparências. Fiquei furiosa e resolvi que não permitiria. Decidida, parti para a casa de meus pais e fui encontrar Ana Célia sentada no jardim, bordando uma colcha para o seu enxoval. Sem fazer rodeios, sentei-me ao seu lado e contei-lhe tudo. Disse-lhe que o amava e que ele me enganara, jurando-me amor. Mentira, dizendo que meu marido não ligava para mim e que, por isso, cedera às insistências de Daniel.

Minha irmã ficou indignada. Como ele pudera fazer aquilo? Ele fora um covarde, um cafajeste, era verdade, mas o que poderia fazer? Ela estava grávida e seria uma verdadeira desonra se não se casasse. Sentia muito por mim, mas o melhor seria que nós nos separássemos de vez. Eu já era uma senhora, e ela era ainda uma mocinha, que só agora iniciava a viver. Talvez, se eu tivesse filhos, tivesse com o que me ocupar e não pensasse mais em Daniel. Depois disso, levantou-se e se foi.

Fiquei furiosa. Além de não conseguir separá-los, ainda fora humilhada e, o que era pior, revelara meu segredo a alguém que não me parecia digna de confiança. Saí dali apressada e voltei para casa sem saber o que fazer. Durante os dias seguintes, não pude falar com Daniel. Ele me evitava e, quando eu ia ao seu quarto, não me atendia, fingindo dormir. Casaram-se cerca de um mês depois, e Daniel mudou-se para a casa de meus pais, onde Ana Célia estaria mais bem assistida na hora do parto.

Mas Daniel não podia prescindir de meu corpo, acostumado que fora ao amor livre e sem preconceitos. Pouco tempo depois, quando a barriga volumosa de Ana Célia começou a dificultar o ato sexual, ele voltou a me procurar, e eu me esmerei para agradar-lhe, praticando um amor cada vez mais agressivo e selvagem. Ele estava encantado comigo, ou melhor, fascinado pela minha arte de amar. Eu sabia, realmente, dar prazer a um homem e direcionava toda a minha técnica para satisfazer o único homem que amara em toda a minha vida.

Em casa, Ana Célia começou a desconfiar do que estava acontecendo. Ele estava estranho, distante, frio, e ela adivinhou que ele, não podendo mais possuí-la, voltara a me procurar.

Certa noite, papai nos convidou, a mim e a Marcelo, para jantarmos em sua casa. Sem desconfiarmos de nada, partimos, eu feliz da vida por poder rever Daniel. Notei que Ana Célia estava acabrunhada, quase não falou comigo, e que papai estava um pouco exasperado. Minha mãe, sempre alegre, parecia alheia a tudo o que estava se passando, e Daniel agia como se nada estivesse acontecendo. Após o jantar, meu pai nos levou para a biblioteca e, inesperadamente, começou a atirar-me na face diversas acusações:

— Sua ordinária, vagabunda! Então atreve-se a se deitar com o marido de sua irmã, um rapazinho? Não tem vergonha? E o seu marido? Não o respeita?

Fiquei horrorizada e pensei em fugir dali. Mas papai me segurou com força e começou a me bater com violência. Tombei no chão, e mamãe correu a me acudir, gritando para que papai parasse.

Mas ele não parava. Parecia haver perdido a razão e partiu para cima de mim novamente. Marcelo, em sua indignação, não fazia nada para me ajudar, e pensei que fosse morrer, até que Daniel resolveu interferir, pedindo a papai que me soltasse. Papai estava enlouquecido e sacou de uma pistola, apontando-a para Daniel. Mas Daniel, jovem ainda, facilmente o desarmou e acabou atirando nele, matando-o a sangue-frio.

Foi um alvoroço. Daniel foi preso e condenado à morte. Após a execução, não pude resistir e me matei também. Estava desesperada, não podia viver sem ele. Como da última vez, pensei encontrá-lo no além, mas não o vi e fiquei perdida, vagando em meio às trevas, sempre em contato com espíritos maus e odiosos.

Fiquei assim durante muitos anos, até que tomei consciência de meu ato, me arrependi e pedi uma nova oportunidade. Infelizmente, porém, por mais que tentasse, a paixão por Daniel fora mais forte e eu, novamente, sucumbira, vítima de minhas próprias paixões.

CAPÍTULO SEIS

É engraçado como tudo se repete. Minha mãe, por diversas vezes, aceitou com generosidade a tarefa de me dar a vida e por ela me guiar, e sempre se mostrou disposta a aprender. De todos nós, era a que mais rápido evoluía, pois sempre procurava cumprir tudo aquilo a que se propunha quando na vida espiritual.

Já com meu pai foi diferente. Ele sempre se demonstrou irascível e orgulhoso, e várias vezes competira conosco pelo poder. Mas nunca pudera nos sobrepujar, pois sempre encarnava em situação inferior à nossa e acabava preso em nossa teia, devorado por nosso temperamento implacável.

Isso fizera com que ele, ao longo dos anos, fosse alimentando por nós um ódio cada vez mais crescente, até que reencarnou como nosso pai. Tencionava com isso ser responsável por nós para aprender conosco o valor do respeito. Mas tudo saíra errado e ele, em vez de evoluir no respeito, descambou para um autoritarismo que beirava a tirania e o despotismo.

Ana Célia, por sua vez, jamais pudera me superar. Se meu pai competia comigo pelo poder, ela competia no amor. Sempre apaixonada por Daniel, acabava perdendo-o para mim. Mas, como a alma feminina tende a ser mais sensível e maleável, era mais fácil alcançar seu coração, e ela acabava por aceitar as novas tentativas de poder viver com seu amado, desfrutando também de uma relação pacífica comigo. A princípio, até que dava certo. Mas depois, quando Daniel e eu passávamos a amantes, todo o rancor retornava, e Ana Célia, a exemplo de meu pai, enchia-se de ódio contra mim.

Marcelo, assim como minha mãe, era uma alma em franca evolução. Errara e caíra, mas com que determinação se levantava! Marcelo era o tipo de espírito que aceitava seus erros com naturalidade, sem o peso da culpa, e logo compreendeu a necessidade de mudar. Sempre gostou muito de mim, daí porque estava quase sempre a meu lado, propondo-se a me ajudar.

Ao final de minhas lembranças, voltei para meu quarto sem dizer nada e fiquei pensando nisso. Pensei no quanto éramos falíveis e como éramos orgulhosos, nos considerando perfeitos e melhores do que os outros. Estávamos enganados. Cada um de nós, à sua maneira, estava tentando aprender e tinha o seu quinhão a passar. Envolvendo-nos ou não com a história dos outros, o fato é que tínhamos a nossa própria história e era com ela que aprendíamos o valor do amor e do respeito.

No dia seguinte, Alfredo veio conversar comigo. Queria saber se eu estava bem, se havia compreendido o porquê de meus processos de crescimento, minhas lutas e meus sofrimentos. Fiquei muito feliz ao vê-lo, porque estava ainda um pouco chocada com aquilo tudo.

— E aí, Daniela, qual foi o proveito que tirou de tudo o que rememorou?

— Não sei ao certo. Penso que errei muito e continuo errando até hoje.

— Sim, mas, e daí? Para que serviram tantos erros?

— Não sei. Para me mostrar o quanto sou imperfeita, o quanto sou atrasada.

— E que conclusões pode tirar de tudo isso?

— Bem, creio que preciso ainda pagar por meus erros. Fiz muita gente sofrer e só poderei dizer que sou feliz no dia em que me considerar quitada de tantos débitos.

— Minha querida, você não precisa pagar por nada. A gente só paga por aquilo que compra e, como a felicidade não está à venda, não tem preço, e ninguém precisa pagar para ser feliz. Os erros são depurados pela conquista. Quando você aprende com suas próprias atitudes, entende que elas são prejudiciais a você mesma e a seus semelhantes, você conquista o conhecimento do bem e, consequentemente, conquista a sua felicidade. Por isso, não fale nunca em pagar. Aqui não se paga por nada, não há dívidas. Há, sim, experiências que adquirimos em função de nosso conhecimento ou de nossa ignorância, mas isso não significa que tenhamos contraído débitos que, mais tarde, tenhamos que saldar. Essa definição traz a ideia de um negócio, de uma transação, onde há sempre uma parte credora e uma devedora.

— Pensando bem, não é isso que realmente acontece? Não seremos nós devedores daqueles a quem prejudicamos e credores de quem nos prejudica?

— Essa visão é mesquinha e falaciosa, além de encerrar uma desculpa conveniente para nossas ações ou omissões danosas. Se assim pensarmos, seremos sempre credores e devedores ao mesmo tempo, pois não há ação que não tenha sido gerada por outra, seja nessa, seja em uma vida passada. Quando eu falho com você, não o faço porque esteja cobrando um mal anterior nem porque você esteja pagando algo que me deve. Não. Quando erro com você, é porque ainda não amadureci o suficiente para compreender o mal que estou infligindo a mim mesmo, seja porque não soube perdoar, seja porque sou ainda egoísta, seja porque sou orgulhoso. Não importa. A falta de perdão, o orgulho e o egoísmo nada mais são do que um reflexo de nossa própria ignorância e tendem a desaparecer na medida em que o ser humano evolui e descobre os verdadeiros valores da vida. Ainda que eu aja com a intenção de lhe cobrar um mal que você me fez, ainda assim, não há que se falar em débitos. Se eu lhe cobro algo, é porque ainda não aprendi a perdoar, assim como você paga porque ainda não aprendeu a perdoar-se a si mesma.

Olhei para ele e abaixei os olhos logo em seguida. Estava envergonhada de minha burrice.

— Sinto muito, Alfredo, tem razão. Você vive dizendo a mesma coisa, não é? Deve ser para ver se entra na minha cabeça dura. Foi uma asneira o que eu disse.

— Não foi asneira nenhuma. É vergonhoso continuar na ignorância, com medo ou por orgulho de se expor e assumir que não sabe. É como muita gente faz: pede ao vizinho para ler uma carta porque os óculos quebraram e ela não enxerga sem eles. Na verdade, não sabe ler e tem vergonha de assumir. Não tenha receio ou vergonha de suas limitações. Tenha, sim, vontade de aprender e coragem para assumir sua ignorância. É melhor do que ficar fingindo que sabe algo que não sabe e que, mais tarde, você não poderá ocultar. A vida sempre nos coloca diante de situações em que somos obrigados a assumir quem realmente somos.

Alfredo se despediu e saiu, e eu fiquei pensando. Ele estava certo. Eu havia feito muitas bobagens, era verdade, mas não fora a única. Estava apenas tentando ser feliz à minha maneira, só que não sabia ainda que a felicidade a gente conquista por nossos méritos, e não passando por cima da felicidade alheia. Por outro lado, ninguém se submete às maldades de outrem se a elas não deu causa e, seja de forma consciente ou não, consente em que o mal invada suas vidas. Agora eu começava mesmo a compreender a via de mão dupla em que nos encontrávamos todos, sem exceção. Somos os únicos responsáveis por nossos atos, e todo o mal ou o bem que sofremos nada mais é do que o reflexo de nossas próprias atitudes.

Se alguém me ofende, posso me sentir ofendida ou não, e essa é a minha parte, o meu pedaço. Mas quem me ofendeu também tem o seu quinhão e terá que aprender, um dia, a respeitar seus semelhantes. Cada um terá que prestar contas de seus atos, independente da reação de seu irmão. Se a ofensa que me atiraram na face não me atingiu, ótimo para mim, porque reconheço que aquela ofensa não me pertence e não a recebo em meu coração. Mas quem a atirou, mais cedo ou mais tarde, terá que reconhecer que não deve ofender seus semelhantes, porque não deve fazer aos outros aquilo que não gostaria que lhe fizessem.

CAPÍTULO SETE

Era bem de manhãzinha quando Alfredo chegou a meu quarto, em companhia de minha mãe. Sempre que podia, minha mãe vinha me visitar, o que me alegrava imensamente. Naquele dia, senti necessidade de trocar minhas experiências passadas com eles, e ficamos conversando durante longas horas.

— Sabem de uma coisa? — comecei a dizer. — Agora posso compreender muitas coisas que se passaram comigo.

— Que bom, minha filha — falou mamãe. — As lembranças de vidas passadas somente têm sentido quando delas podemos tirar algum ensinamento útil.

— É verdade — acrescentou Alfredo. — De nada valeria recordar o passado se não se pudesse dele extrair valorosas lições para o futuro. De nada adiantariam suas lembranças se o único sentimento que a movesse fosse, por exemplo, a curiosidade. Saciada esta, de nada teriam valido as suas experiências e, ou elas cairiam no esquecimento, ou você acabaria por se revoltar diante de tantos *infortúnios*.

— Sim. Hoje entendo bem isso. Ainda mais depois da conversa que tive com você.

— Fico muito feliz em poder ser-lhe útil.

— E então, minha filha? — prosseguiu minha mãe. — O que tem a nos dizer de tudo isso? Como reverter suas lembranças em proveito próprio?

— Bom, creio que a primeira coisa foi tirar mais um pouco do peso do incesto de cima de mim. Vi que Daniel e eu, há muitas vidas, somos apaixonados, e que nosso amor não poderia terminar assim, de uma hora para outra. Só o que não pude entender muito bem foi por que tivemos que passar por tudo isso. Sinto como se nosso amor fosse proibido, mas por quê?

— Deixe que lhe responda — apressou-se Alfredo. — Como pôde perceber, você e Daniel sempre viveram um amor intenso, embora destrutivo. Vocês se uniram para, fortalecidos, esmagar seus inimigos e desafetos. Em nome desse amor, não hesitaram em destruir quem quer que fosse, matando, humilhando, desvirtuando e abandonando aqueles que estavam próximos a vocês. E tudo isso em nome de um egoísmo desmesurado, de um excessivo apego aos próprios prazeres. O sentimento que nutriam um pelo outro não podia ser denominado, propriamente, de amor.

— Não? E o que era, então?

— Uma espécie de enfermidade da alma, que não consegue enxergar nada nem ninguém e sai atropelando todas as barreiras só para poder viver aquilo que deseja. Não é muito próprio falar em amor verdadeiro, pois, se não há verdade no amor, não há amor em seu sentido mais puro e genuíno.

— Desculpe-me, Alfredo, mas não posso concordar. Tenho certeza de que o que sentíamos um pelo outro era mesmo amor. E dos mais fortes.

— Não, minha querida, não confunda paixão, desejo, afinidade de propósitos e instintos com amor. O amor é um sentimento puro e sublime, que eleva as almas à perfeição. O amor jamais destrói. Quando isso acontece, o que se tem, na realidade, é uma paixão ou uma fixação.

— Fixação? Essa é boa.

— Não entenda fixação em seu sentido vulgar. Entenda-a como um sentimento doentio que faz com que a pessoa veja na outra a sua própria vida, e tudo o mais passa a não ter importância alguma. Isso faz com que se torne possessiva, ciumenta, exclusivista e extremamente apegada. O amor não faz nada disso. Ele é livre e desapegado, e quem ama sabe reconhecer o amor em seu semelhante apenas pelos gestos de compreensão e carinho. Amor é confiança, e quando se confia não se tem necessidade de prender, porque não se teme a perda.

— Seja como for que queira chamar, Alfredo, não importa. O fato é que o meu sentimento por Daniel não é igual a nada que já tenha sentido por qualquer outra pessoa.

— É verdade. Mas, se você o amasse verdadeiramente, saberia compreender e renunciar, em vez de tentar prendê-lo, à revelia mesmo de seus próprios sentimentos e desejos, como fez em sua última encarnação.

— Alfredo está certo — interveio minha mãe. — Veja o amor materno, por exemplo. Quem já experimentou o amor de mãe compreende as necessidades dos filhos, sabe entendê-los e respeitá-los, e jamais se utiliza de artifícios para mantê-los por perto. Ao contrário, sabe que, mesmo distante, continuam habitando seu coração, sem que o amor que sente por eles diminua com a distância ou a ausência.

Abaixei os olhos, novamente envergonhada de mim mesma. Por que será que ainda insistia em dizer que amava Daniel? Por que não queria perdê-lo? Por que temia descobrir que, depois de tudo por que passamos, na verdade, nunca nos havíamos amado mesmo? Ou seria o orgulho de admitir que me enganara, vivenciando um sentimento que servia apenas aos meus instintos mais primitivos e não ao meu coração?

Com voz sumida, respondi:

— Têm razão. Mas, naquela época, eu não podia ver as coisas desse jeito e achava que realmente o amava. Nós estávamos cegos, não sabíamos dessas coisas e, em nome daquele amor, poderíamos justificar qualquer ato de insanidade.

— Será mesmo? Será que não foram, por diversas vezes, alertados de que estavam se destruindo e destruindo seus semelhantes?

— Não sei.

— Pois foram. Todas as vezes em que desencarnaram, você e Daniel foram esclarecidos sobre seus atos, tomaram consciência do mal que fizeram e sempre desejaram repará-lo. No entanto, ao se verem novamente na carne, o *vício* que possuíam voltou com toda força, e vocês não conseguiram se desapegar um do outro.

— Acha mesmo que era um vício?

— Acho não, tenho certeza. Esse sentimento daninho, que não consegue se libertar e retroceder em nome do bem, nada mais é do que um vício, uma dependência, e se não estamos dispostos e bem preparados, não conseguimos largá-lo. É como o fumo ou a bebida. Quantas vezes pensamos em parar de fumar ou beber, e até conseguimos, desde que longe do cigarro ou do álcool? Mas, na primeira oportunidade que temos, voltamos ao vício e nos damos por vencidos e convencidos de que não somos capazes. Então, assumimos nossa impotência diante da dificuldade e nos entregamos ao mal novamente, nos enganando que tentamos, mas que a dependência foi mais forte do que nós. Sempre nos desculpamos, afirmando que tentamos algo que está acima de nossas forças, quando a única coisa que basta para medirmos o tamanho de nossa força é a confiança que temos em nós mesmos. Somos capazes de muitas coisas, mas não acreditamos que podemos, e aquilo que seria difícil transforma-se em algo quase impossível, porque nos recusamos a crer que somos capazes. Assim foi com você e com Daniel. Todas as vezes em que reencarnaram, levaram consigo o germe da vitória, mas como era preciso que esse germe fosse alimentado com luta e com esforço, vocês desistiram no meio do caminho, sem disposição para a batalha. Na verdade, não queriam enfrentar-se a si próprios, pois a luta mais difícil é aquela que travamos contra nossas tendências e pendores.

— Foi por isso que nascemos em situações que, a princípio, deveriam dificultar nosso encontro?

— Foi por isso que nasceram em situações que, em face das convenções humanas, os impeliriam ao amor genuíno, fraterno, sem desejos ou paixões. No entanto, vocês não estavam, verdadeiramente, dispostos a mudar, e o corpo não foi suficiente para conter a avassaladora paixão a que estavam acostumados.

— Foi por isso que cheguei a nascer homem?

— Nas primeiras encarnações que você recordou, você pôde perceber o quanto sua união com Daniel era prejudicial, principalmente a vocês mesmos, pois emperravam o seu crescimento. Vocês mataram, roubaram, mentiram, subornaram... abandonaram crianças indefesas às agruras da orfandade. E tudo isso para quê? Para poderem viver livremente suas paixões, saciando seus instintos inferiores, satisfazendo sua luxúria. Com isso, foram se enterrando mais e mais no egoísmo e na soberba, aniquilando um sentimento que poderia ter sido puro, se soubessem renunciar. Quem renuncia é porque ama muito, pois só um amor verdadeiro é capaz de compreender a hora de recuar, de ceder, de abrir mão. O amor deve fluir de coração para coração, e não de sexo para sexo. É claro que o sexo é complemento sublime do amor, mas o sexo desenfreado se utiliza do amor como pretexto para justificar-se a si mesmo. É apenas uma roupagem, uma carcaça que se desnuda logo que confrontado com as verdadeiras consequências do amor.

Eu continuava calada, e ele prosseguiu:

— Quanto ao fato de você haver nascido homem, não foi para proibi-los de amar. Foi apenas para que vocês pudessem tentar transformar aquele sentimento. Como lhe disse, as convenções sociais, ainda mais naquela época, tendem a nos impor padrões de conduta que, muitas vezes, nos auxiliam a encontrar o caminho do bem. Não quero com isso dizer que o homossexualismo seja um erro ou que é certo ter preconceitos. Em absoluto. O homossexualismo, como tudo mais, existe por uma necessidade do espírito, para fazê-lo crescer. Nada na natureza de Deus é errado, e a única coisa que importa é o que vai no coração dos homens.

— Quer dizer, então, que o homossexualismo é irrelevante aos olhos de Deus?

— Como na natureza tudo é perfeito, nada pode ser irrelevante. Se existe, é porque tem importância para o crescimento humano. Mas não confunda relevância com defeito. Tudo o que existe é relevante, porque é importante para o aprendizado, o que não significa que apresente defeitos. Ser homossexual é relevante porque, quem assim nasce, optou por essa condição para poder crescer. Se houve essa escolha a serviço do bem, não pode ser irrelevante, como não o seria se desvirtuada para o mal. Mas não há erro ou engano na condição de homossexual, porque só é errado aquilo que vai de encontro à lei universal de Deus, que é a lei do amor. Se dois homossexuais se amam, não há nada de feio ou de errado nisso. Mas se, para concretizarem esse amor, tiverem, por exemplo, que trair, enganar, mentir, há um desvio a ser corrigido, que não é o do sexo, mas o dos métodos utilizados para a realização de seus objetivos. No seu caso, Daniela, você não nasceu, propriamente, para ser homossexual. Nasceu para ser uma criatura do sexo masculino porque pensou que, diante dos preconceitos, você poderia se libertar da paixão por Daniel. Era sua intenção aproveitar-se de algo que já existia muito antes de você e que poderia muito bem servir aos seus propósitos, que é o preconceito. Não estou dizendo que é certo ter preconceito. Pelo contrário. Toda forma de preconceito deve ser abolida, porque cria uma distinção em fatos que Deus jamais distinguiu. Mas, como tudo o mais, ele pode estar a serviço de uma causa maior, quando serve para nos mostrar certas coisas que não queremos ver.

— Eu escolhi passar pelo preconceito?

— Não. Você escolheu aproveitar-se do preconceito para se conter. Foi uma imposição que fez a si mesma. Poderia não ter escolhido isso. Mas você quis escolher aquele corpo, a fim de vencer-se a si própria, afastando a paixão por Daniel. No entanto, o sentimento que os unia estava além do corpo físico, e apenas a igualdade de sexos não foi suficiente para impedi-los de se relacionar. Os sentimentos não são limitados pelo sexo. Em muitos casos, o sexo ajuda bastante, desde que se compreenda. Não significa que tenhamos que lutar contra nós mesmos, por medo ou preconceito. O que precisamos vencer é a forma como nos relacionamos com o outro. Não a forma corpórea, mas a maneira de sentir e de externar nosso sentimento.

— Quer dizer então que não adiantou nada Daniel e eu nascermos homens só para contermos o nosso amor?

— Como pode o sentimento, que é imaterial, ser contido pela matéria? É impossível. O amor transcende o corpo físico e independe dele para se manifestar. Vocês não deveriam conter o sentimento. Deveriam transformá-lo. Vocês não estavam proibidos de se amar porque eram homens, porque essa proibição não existe. A masculinidade foi apenas um instrumento, uma tentativa de transformação. Mas se, ainda assim, o sentimento falasse mais alto, como falou, vocês ainda tinham a chance de viver aquele amor de maneira sublime, sem atingir ou ferir ninguém. Estariam então aprendendo a transformar pelo amor genuíno, sem precisar passar pela dor.

— Mas como? Daniel era casado, e eu também era homem! Como poderíamos não atingir os outros?

— Com a verdade.

— Verdade? Seríamos execrados.

— A certeza da verdade dá ao espírito forças para enfrentar as vicissitudes. Vocês escolheram reencarnar como homens para tentar transformar o sentimento de vocês em amor genuíno. Mas, se ainda assim, não conseguissem, ninguém poderia acusá-los de nada. Se tivessem falado a verdade, a despeito do horror e da decepção que causariam em seus familiares e na sociedade, teriam tido a chance de vivenciar um amor que, embora incompreendido, já estaria se transformando, porque verdadeiro. Ninguém é culpado por amar, mas é responsável pelo mal que pratica em nome desse amor. Aos outros e a si mesmos.

— Fala como se fosse fácil.

— Sei que não é. E é por isso que vemos tantos homossexuais reprimidos ou caídos na marginalidade. Porque eles são os primeiros a não se aceitarem e a não acreditarem que não estão cometendo nenhum pecado. O dia em que perceberem que não estão fazendo nada de errado, conseguirão compreender o que significa mesmo amar.

— Teríamos evitado tanto sofrimento?

— Sem dúvida. Ninguém disse que precisamos aprender apanhando. Podemos compreender de verdade, mas com o coração e não com a mente. Aprender não é racionalizar. É sentir. Quando isso acontece, somos capazes de suprimir toda a jornada de sofrimento e desviamos o nosso caminho para um atalho de amor.

Eu estava profundamente admirada. Aquelas palavras possuíam uma beleza inigualável e eram muito reconfortantes. Durante alguns minutos, permaneci calada, apenas digerindo o que Alfredo dissera. Ele respeitou o meu silêncio, e nós ficamos ali, envoltos naquela aura de amor.

Só depois de muito tempo foi que continuei:

— Foi o mesmo em minha penúltima encarnação, não foi?

— Sim. A diferença de idade, mais uma vez atendendo a uma convenção social, foi outro meio que você tentou para se afastar de Daniel. Contudo, mais uma vez, vocês não conseguiram e agravaram sua situação, Daniel com um homicídio, e você se suicidando. Esse gesto foi tão violento e lhe causou tantos danos ao espírito, que você não conseguia escutar a voz de sua própria consciência, e foram necessários muitos anos para que você despertasse e compreendesse a gravidade de seu ato.

— Por fim, nascemos irmãos...

— A fraternidade, atendendo não a uma convenção social, mas a uma intervenção divina, serve para mostrar os verdadeiros valores morais e afetivos. A família terrena une espíritos afins e não afins, plantando nos corações humanos a semente do amor puro e sincero. Quando nascemos numa mesma família, é porque temos muitas coisas a trabalhar e fazer evoluir juntos: sejam as afinidades, sejam os sentimentos, sejam as desavenças, sejam as dificuldades. Não importa. Quando somos pais, filhos e irmãos, estamos ligados por laços muito mais fortes do que simplesmente os consanguíneos, que servirão para nos ensinar o respeito e a compreensão.

— Não é bem assim, Alfredo. Não quero me justificar, mas quantas famílias há por aí em que ninguém se entende?

— Foi por isso que lhe disse que todas as famílias têm muito a trabalhar e evoluir. Se são espíritos afins, ótimo. Somente precisarão dar as mãos e crescer juntos, sempre se ajudando e amparando. Mas, ao contrário, se são inimigos ou desafetos, a necessidade do amor se impõe, e todos terão que aprender, com seus atritos e divergências, que somente se respeitando é que poderão alcançar a paz. A família, por sua natureza, já traz em si o germe da compreensão, que só precisa ser desenvolvido. Quando nascemos na mesma família, temos toda a potencialidade para nos entendermos e nos ajudarmos, rompendo com as dificuldades que nos impeliram a reencarnar entre as paredes de um mesmo lar. Alguns, mais conscientes e dispostos a aprender, conseguem vencer esses obstáculos e transformam o inimigo de ontem no amigo de todos os dias.

— E quanto a mim? Quanto ao incesto?

— O incesto é uma malsucedida tentativa de compreender e modificar, como se deu com você e com Daniel. Quando optaram por reencarnar na mesma família, como irmãos gêmeos, pensaram conseguir se libertar, mas, como das outras vezes, não estavam ainda maduros o suficiente, e os sentimentos próprios da fraternidade não conseguiram penetrar seus corações e romper a barreira do vício e da sensualidade.

— Mas, Alfredo, por que as pessoas têm tanto preconceito contra o incesto? Por que olham os *incestuosos* como aberrações da natureza?

— Por pura incompreensão. As pessoas não conseguiram ainda compreender que a real finalidade da família é unir pelo amor, e não afastar pelo preconceito. Talvez tenha havido também, como é de costume, uma compreensão equivocada ou distorcida das palavras de Deus, o que serve aos propósitos de cada um. Lembre-se de que, em muitos povos, o casamento entre irmãos era comum. É tudo uma questão de cultura. E até entre nós, o incesto não é considerado crime pela lei dos homens, mas mero impedimento aos laços do matrimônio. Mesmo os filhos chamados de incestuosos, que ontem não podiam ser reconhecidos por seus pais, hoje podem ser reconhecidos publicamente e gozam dos mesmos direitos assegurados à filiação tida por legítima. Isso, minha filha, foi um verdadeiro avanço no pensamento humano, fruto da obra de espíritos incansáveis e generosos, encarregados de inspirar a mente do legislador terreno.

— Isso é maravilhoso. Se já é horrível para nós sermos tratados como criminosos, imagine só para os filhos, frutos do pecado!

— Tem toda razão. E os filhos que assim nascem, muito mais do que os pais, sofrem a necessidade de rever e trabalhar seus preconceitos, suas dificuldades e sua incompreensão. Porque o casal incestuoso sempre tem a opção de deixar de sê-lo, ao passo que os filhos jamais deixarão de ser filhos.

— É mesmo. A filiação será, para eles, considerada maldita, e eles terão que passar o resto de suas vidas carregando o estigma do pecado. É horrível, desumano, injusto. Ainda bem que, pelo menos, existem espíritos amigos que procuram minimizar esse problema.

— É verdade. Mas não quero, com isso, fazer uma apologia do incesto, como se fosse a coisa mais normal do mundo. Absolutamente, não é essa a minha intenção e nem quero que você interprete mal as minhas palavras. Como disse, os laços de família foram criados para desenvolver o amor em sua acepção mais pura, livre do fogo da paixão, do sexo, do ciúme, do apego. Esse é o propósito normal da filiação e da irmandade. Mas, se esse amor é desvirtuado, aqueles que assim o desviaram não cometeram nenhum pecado. Apenas não souberam superar suas dificuldades e precisarão retornar, em circunstâncias semelhantes, até que consigam vencer — Alfredo me abraçou e finalizou: — Bem, minha querida, agora tenho que ir. Preciso visitar meus doentes.

Alfredo se foi, e eu senti o meu coração muito mais leve, pronto para enfrentar minhas próprias dificuldades. Abracei-me a minha mãe e me deixei ficar, certa de que tudo acabaria bem. Já não me julgava mais um monstro.

Contudo, naquele momento, a saudade de Daniel bateu mais forte, e comecei a chorar. Como gostaria de poder abraçá-lo também, estreitá-lo contra o peito e dizer-lhe o quanto sentia por tudo aquilo, pedir-lhe perdão, pedir-lhe para não me odiar. Desde que chegara ali, não tivera coragem de perguntar por ele. Onde andaria? Estaria bem?

Minha mãe, como que adivinhando meus pensamentos, segurou minha cabeça entre as mãos e disse com doçura:

— Sabe, Daniela, apesar disso tudo, seu irmão está bem. Também é meu filho e, da mesma forma como me preocupo com você, preocupo-me também com ele. Procure esquecer que foram amantes e lembre-se apenas que são irmãos. Não somos todos filhos do mesmo Pai?

Fechei os olhos e chorei, agradecida por poder estar ali, aconchegada no seio daquela mulher que me recebera em seu colo, ensinando-me os verdadeiros valores do amor.

CAPÍTULO OITO

Eu já me sentia bem melhor. Estava mais confortada, mais segura de mim, de minhas dores e de meus processos de amadurecimento. Contudo, ainda sentia uma enorme saudade de Daniel e, um dia, resolvi fazer a Alfredo a pergunta que, desde que chegara, encontrava-se atravessada em minha garganta:

— Onde está Daniel?

Alfredo me olhou cheio de compreensão e respondeu:

— Está em outra colônia, perto daqui.

— Está bem?

— Sim, muito bem. A princípio, encheu-se de ódio e revolta de você, mas depois, tomando conhecimento de tudo o que lhes acontecera, começou a compreender e a aceitar com mais naturalidade. Daniel, ao contrário de você, estava mais firme em seu propósito de mudar e, não tivesse desencarnado intempestivamente, talvez tivesse conseguido alcançar seus objetivos.

— Oh! meu Deus, o que fui fazer?

— Nada que já não fosse esperado. Quando reencarnaram, ambos sabiam que assumiam esse risco.

— Que risco? De matar e morrer?

— Não exatamente. Ninguém vem ao mundo para matar, pois isso significaria um estágio a mais a ser vencido. Mas quem mata já traz em si essa potencialidade, já sabe que pode vir a matar, assim como quem morre já sabe que poderá ser vítima de um homicídio. Da mesma forma o suicida. Ele sabe que tem essa tendência, e é mais uma contra as quais deve lutar.

— Quer dizer que o meu suicídio já era esperado?

— Esperado, não. Digamos, admitido como possível.

— Sabe, Alfredo, falando em suicídio, há certas coisas relacionadas ao meu que não compreendo.

— Refere-se à ferida em seu coração?

— Não, isso já entendi. Refiro-me ao tempo em que passei no astral inferior. Pensei estar perdida nas trevas, mas depois descobri que ficara o tempo todo em meu túmulo. Como pode ser isso?

— O suicida, muitas vezes, permanece mesmo ligado ao corpo físico até que se escoe seu último fio de energia vital. É muito comum acontecer isso, ainda mais com espíritos renitentes, que se negam a aceitar as verdades divinas em seu coração. No seu caso, seu espírito também permaneceu ligado à matéria, mas sua mente, ansiosa por reencontrar seu irmão, somente podia pensar em buscá-lo, fosse onde fosse. Assim, o vazio, as trevas, o frio, tudo isso foi criação de sua própria mente, que originou todo aquele espaço em que você se encontrava. Era o seu coração que sentia daquela forma e, por isso, sua mente respondeu à altura, criando para você um espelho daquilo que encontrou lá no fundo de sua consciência, daquilo que você julgava merecer.

— Sabe, no fundo você tem razão. Logo depois que me suicidei, sabia que estava morta, e, quando abri os olhos e não vi Daniel, pensei comigo: “estou num beco sem saída, num caminho sem volta. Sei que agi errado, mas agora não posso mais voltar atrás e consertar o meu erro. Sinto-me tão sozinha e não sei aonde ir. Será que, no desespero de ter Daniel para mim, o que acabei conseguindo foi um nada, uma horrível solidão?"

— Viu só? Lá no fundo, nos recônditos mais escondidos de sua alma, você tinha consciência da gravidade de seus atos. Em seu íntimo, você sabia o que havia feito, pois já conhecia, inclusive, as consequências de um suicídio praticado em iguais circunstâncias. Sabia que o reencontro com seu irmão seria extremamente prejudicial a ambos e, por isso, para fugir dessa realidade, você criou a ilusão de que poderia encontrá-lo, só que através de um caminho que, fatalmente, não conduziria a ele.

— Eu estava andando em círculos, não é mesmo?

— Mais ou menos isso.

— É impressionante. Como pude criar tanta ilusão?

— Através da holografia. Sabe o que é um holograma?

— É uma imagem tridimensional, não é? Uma ilusão com altura, largura e profundidade.

— Exatamente. O holograma cria a ilusão de que existem coisas onde, verdadeiramente, não existe nada. Quando olhamos para um holograma, temos a impressão de que existe algo ocupando o espaço onde ele se faz visível, mas se experimentarmos passar a mão sobre ele, veremos que não há nada ali. Foi tudo uma ilusão.

— Mas se é uma ilusão, como pode ser sentida?

— Ilusão não significa não existência. Se você vê, é porque existe, seja em que nível for, e aquela ilusão será real para você. Apenas será imaterial, uma construção toda particular da realidade que seu cérebro idealizou. Na verdade, o cérebro é responsável pela criação de mundos externos tirados de nossos processos internos, mundos esses que gravitam em torno de percepções auditivas, visuais, sensitivas...

— Alfredo, isso é fantástico! Jamais poderia supor que existisse algo assim. Para mim, tudo aconteceu de verdade.

— Mas aconteceu, Daniela, só que não no plano físico que você imagina. O plano holográfico trabalha em um nível não corpóreo, como de sonhos. Quando sonhamos, acreditamos que tudo está acontecendo de verdade e somos capazes de ver, ouvir, sentir cheiros e até ter a sensação de dor e de morte. Assim o holograma. Ele cria essas passagens ilusórias a partir de algo que está dentro de nós, refletindo no mundo exterior aquilo que habita em nosso íntimo.

— Há ainda uma coisa que não compreendo. Durante minhas *andanças* pelo mundo ilusório das trevas, julguei sentir a presença de uma criatura junto de mim todas as vezes em que me masturbava. Seria outro holograma?

— Com certeza. Não havia ninguém ali, apenas a ilusão de que uma força estaria presente para partilhar com você aquilo de que você mais gostava e que a aproximava ainda mais de Daniel, que era o sexo. Quando se masturbava, em quem pensava? Em Daniel. E como Daniel não podia estar ali para satisfazê-la, sua mente criou algo que o substituísse. Não com seu amor ou seu carinho, mas ao menos com sua presença. Aquela presença seria, por assim dizer, uma imagem de Daniel. Foi apenas uma projeção da sua mente, algo que você imprimiu em seu campo áurico para satisfazer e preencher a necessidade que sentia da presença de Daniel.

Eu estava perplexa e admirada com tudo aquilo. O universo era perfeito, Deus era, sem a menor sombra de dúvida, a imagem da perfeição. Após alguns instantes de reflexão, porém, voltei meus pensamentos para Daniel e tornei a indagar:

— E Daniel? Terá também sido vítima de seus próprios espectros?

Ele riu da minha comparação e respondeu:

— Não, minha querida, não dessa maneira. Daniel passou muito menos tempo nas trevas e não sofreu os terrores por que você passou. Ao contrário, logo lembrou-se de Deus e foi socorrido.

— Posso vê-lo?

— Não, Daniela, ainda não.

— Por quê? É algum tipo de proibição?

— Você bem sabe que não está proibida de nada. Se tiver mesmo muita vontade de ver Daniel, se essa vontade for muito forte e decidida, nós nada poderemos fazer para impedi-la. O seu próprio pensamento a levará ao local onde ele se encontra. No entanto, não creio que sua vontade seja assim tão forte, visto que você mesma possui dúvidas sobre a conveniência desse encontro.

— Tem razão. Desculpe-me. É que sinto saudades...

— Ele também sente. Hoje compreende bem as coisas e se arrepende de a haver repelido de forma tão *fria*, como ele mesmo diz.

— Você tem estado com ele?

— Algumas vezes. Fui visitá-lo em companhia de sua mãe e levei-lhe notícias suas.

— Fale-me dele, por favor.

— Ele está bem. Como disse, também sente saudades suas, embora não deseje vê-la por enquanto.

— Por quê? Está com raiva de mim?

— Não, agora não. No princípio, sim, sentiu bastante raiva. Afinal, tinha planos para sua vida, havia acabado de se formar, estava apaixonado, ia se casar. Mas depois compreendeu e quase enveredou pelo desfiladeiro da culpa, assim como você. Daniel, quando encarnado, começou a sentir despontar dentro dele a luz da consciência, que o alertava da necessidade de se afastarem.

— Oh! Alfredo, por favor, deixe-me vê-lo. Só por um instante!

— Daniela, pense bem. Se você o vir agora, todos aqueles sentimentos contra os quais você pretende lutar virão à tona novamente, e a sua recuperação poderá se tornar muito mais difícil. Será que gostaria de pôr em risco o seu progresso aqui, apenas por alguns instantes de prazer?

— Não é isso. Eu só quero vê-lo, nada mais.

— Vê-lo seria extremamente prejudicial a ambos, principalmente a você. Seja sincera com você mesma e diga se só a sua presença já não seria suficiente para perturbá-la.

— Tem razão. Eu ficaria muito abalada, e talvez as culpas das quais pretendo me livrar viessem novamente bater à minha porta. Afinal, fui culpada pelo seu desencarne...

— Está vendo? Já está se acusando.

— É mesmo. Você está certo, Alfredo. Vou me fortalecer um pouco mais e só então tornarei a lhe fazer esse pedido.

— Excelente. No entanto, há mais alguém que reclama a sua presença e por quem você, até agora, ainda não perguntou.

— Quem?

— Seu pai.

— Meu pai?

Eu fiquei chocada. Não tinha a menor vontade de vê-lo, muito menos de falar com ele.

— Isso mesmo, seu pai. Não quer saber o que aconteceu com ele?

— Para falar a verdade, não. Não me interessa.

— Por que tanto ódio?

— Não é ódio. É que nós dois não temos nada em comum.

— E isso é motivo para desavenças?

— Ouça, Alfredo, sei que suas intenções são boas, mas não estou a fim de falar com meu pai. Não agora.

— Quando?

— Não sei. Quando estiver mais preparada.

— Engraçado, não, Daniela? Você também quer se preparar para reencontrar Daniel e se propõe a fazer todo tipo de sacrifício para poder vê-lo novamente. No entanto, quando se trata de seu pai, você não parece estar disposta a se dedicar com o mesmo empenho.

Abaixei os olhos, envergonhada. Ele tinha razão. Daniel era merecedor de todo o meu respeito, toda a minha preocupação. Mas e meu pai? Embora não tivéssemos nada em comum, eu não podia esquecer que ele me havia dado a vida. Ao menos isso eu lhe devia. Qualquer que fosse o motivo ele havia concordado em me dar a vida e me orientar na Terra, e não era culpa dele se eu, como sua filha, tinha resolvido não dar atenção a seus conselhos. Realmente, ele fizera o melhor que podia, dera o melhor de si, e eu estava sendo por demais exigente ao pensar que o melhor dele deveria ser o que eu queria de melhor para mim. Assim, acabei por concordar em encontrá-lo, e Alfredo se encarregou de chamar minha mãe, para que me acompanhasse naquela visita.

CAPÍTULO NOVE

No dia seguinte, acordei com minha mãe batendo à minha porta. Viera me buscar para irmos visitar meu pai. Vesti-me apressada e saí com ela, evitando as palavras que pudessem denunciar o que me ia na alma. Embora houvesse concordado com aquela visita, o fato é que não estava nem um pouco satisfeita com ela. Não gostava de meu pai e não fazia a menor questão de aprender a gostar. Contudo, acabara prometendo ir visitá-lo e não podia voltar atrás em minha palavra. Pensei que, afinal, algum proveito deveria tirar daquela visita e segui em silêncio ao lado de minha mãe.

Meu pai não estava na mesma colônia que eu, mas junto com minha mãe. No caminho, ela ia me explicando:

— Não se impressione com seu pai. Ele ainda está um pouco confuso. Tem consciência de tudo o que aconteceu, mas, algumas vezes, entrega-se ao desânimo, e outras, à revolta. Não com seu desencarne e nem mais com o meu. Em seu íntimo, sabe que você não teve culpa de nada. Mas revolta-se contra sua incapacidade de orientá-los no caminho do bem. Algumas vezes, culpa-os, a você e a Daniel, pela sua própria infelicidade, julgando-os responsáveis pelos infortúnios que se abateram sobre a nossa família e, em especial, sobre a sua própria vida. Logo em seguida, atrai para si a culpa pelo que aconteceu, exigindo demais de si mesmo, mas acaba por justificar-se, alegando que só poderão se reconciliar quando vocês resolverem mudar.

— Nós? — falei, afinal, indignada. — Quem ele pensa que é? Por acaso é algum santinho, é? Até parece que foi muito bom pai.

— Daniela, por favor, não entremos nesse mérito. Como lhe disse, seu pai está ainda muito confuso. Pense que, assim como para você tem sido difícil superar certas dificuldades, para ele também é.

— Eu sei disso e posso até compreender. Mas não vejo motivos para ele pensar que foi muito bom e nós é que fomos duas pestes.

— Eu não quis dizer isso...

— Mas foi a impressão que deu. Francamente, mãe, se é para ouvir algum tipo de sermão, prefiro voltar daqui mesmo. Não estou a fim de levar nenhuma lição de moral.

— Acalme-se, Daniela, o que há com você? Então não percebe que seu pai está tentando assumir seus próprios fracassos?

— Não tenho nada com isso. Ele que vá se tratar primeiro.

— Daniela, está sendo injusta, severa e nada caridosa. Por que não pode ser mais tolerante quando se trata de seu pai? Afinal, ele gosta de você e sente muito tudo o que aconteceu. Quer ser seu amigo.

— É... como se diz por aí, com um amigo desses, quem precisa de inimigos?

— Por que está sendo sarcástica? Por que não se olha e reconhece que também errou com ele?

— Eu? Mas em quê?

— Na sua intransigência, na sua falta de compreensão, no seu egoísmo, na sua arrogância, na sua teimosia, na sua falta de respeito. Quer mais?

— Mãe, que horror! Até parece que é assim.

— É assim mesmo. Você e Daniel não estavam interessados em mais nada que não fossem seus próprios umbigos e não souberam reconhecer a ajuda que seu pai queria lhes oferecer.

Olhei-a espantada. Nunca tinha ouvido minha mãe falar daquele jeito e fiquei surpresa com a veemência com que defendia meu pai. Tentando ainda me justificar, disparei:

— Mas ele queria nos separar!

— Era a única maneira que conhecia de ajudá-los. E depois, a questão não é essa. Não estou falando do que ele fez nem de como fez, mas por que fez. Tudo o que ele fez foi para separá-los sim, mas porque pensava que seria a única maneira de ajudá-los.

— Ora, mas nós não precisávamos e não queríamos essa ajuda.

— E por isso se esqueceram dos valores mais comezinhos que tentamos lhes passar, que foram o amor, a compreensão, a obediência e, sobretudo, o respeito.

— Queria que obedecêssemos e curvássemos a cabeça feito dois cordeirinhos?

— Não. Não lhes pedi subserviência, pedi-lhes obediência, é diferente. É o que todo filho deve aos pais enquanto ainda está sob a sua guarda. Mas vocês tinham medo, não de se separar, mas de terminarem de se relacionar sexualmente. Se vocês se amassem mesmo, deveriam ser os primeiros a aceitar ajuda e tentar se modificar. Por que acusa seu pai? Ele pode ter errado, mas você também não acertou. Lembre-se de que cada um tem os seus erros, e ninguém, absolutamente ninguém, tem o direito de apontar o dedo para seu semelhante e decretar que o erro dele foi pior e mais grave do que o seu.

Abaixei a cabeça, novamente envergonhada. Tinha ainda muito que aprender e precisava tomar cuidado para não acabar me sentindo vítima do destino. Agora que já não me sentia mais culpada pelo que fizera, precisava me cuidar para não chegar ao extremo oposto e me colocar na situação de coitadinha injustiçada, aquela pobre menina que lutou, tentou e não conseguiu controlar seus ímpetos, despencando novamente pelo desfiladeiro do erro, para depois poder dizer: "Coitadinha de mim, que nunca faço nada certo!".

— Tem razão, mãe — disse arrependida. — Sinto muito. Vou tentar esquecer o que houve e tratar papai bem. O que passou, passou...

— Não, minha filha, você não deve esquecer. Ao contrário, deve se lembrar de tudo para poder transformar. Só quando essas lembranças não a estiverem incomodando mais é que você poderá dizer que tudo passou e não volta mais.

Chegamos à porta de uma casinha toda pintada de branco, com cortinas rendadas na janela e um lindo jardim coberto de flores. Fiquei admirada.

— Papai vive aqui? — perguntei, atônita. Afinal, eu ainda vivia no alojamento e sabia que poucas pessoas tinham conseguido conquistar o direito de morar em uma casa como aquela.

— Por que o espanto? Pensa que seu pai não merece?

— Não... não é isso... — respondi, confusa.

— Não precisa tentar se justificar, Daniela. Mas deixe que lhe explique. Quem mora nesta casa sou eu, e só depois de muito tempo foi que obtive permissão para trazer seu pai para cá. Ele passou muitos anos nas trevas, revoltado, e quando o resgatamos, tivemos que fazer um longo trabalho no hospital em que ele foi internado, trabalho esse que envolveu, inclusive, uma série de sessões terapêuticas. Hoje ele está melhor e já pode viver aqui comigo. Agora venha. Abra o seu coração e nele receba o sentimento natural do universo, que é o amor, e partilhe-o com seu pai.

A porta se abriu e nós entramos. A casa era muito simples, toda caiada de branco, com assoalho de tábua corrida e teto alto. Quase não possuía móveis, à exceção de uma mesa, quatro cadeiras, duas poltronas e uma espécie de cômoda alta, encostada na parede. Sobre a mesa, uma toalha de renda também branca e um jarro cheio de flores perfumadas. Era linda, e fiquei realmente admirada.

Passando os olhos pelo ambiente, avistei meu pai, que vinha chegando, vindo de outro cômodo da casa. Vinha a passos largos, esfregando as mãos com ansiedade. Ao me ver, parou e sorriu, meio sem graça. Ficamos durante algum tempo nos olhando, como se estivéssemos nos estudando mutuamente. Observando-o melhor, pude perceber que sua fisionomia ainda guardava traços da antiga dureza, se bem que agora demonstrasse uma certa tranquilidade. Tinha engordado um pouco, parecia mais saudável e suas mãos não estavam mais trêmulas. Seus olhos pareciam haver adquirido um certo brilho, pois notei que deixara de usar óculos.

— Gilberto — começou minha mãe, tentando quebrar o constrangimento —, trouxe Daniela para visitá-lo. Não está contente?

Ele olhou para ela meio desconcertado e disse:

— Si... sim... é claro que sim. Como tem passado, Daniela?

— Vou bem. E você?

— Vai-se indo.

Aquela cena era insólita. Éramos pai e filha, estávamos havia muito tempo separados pelo desenlace, vivêramos em mundos diferentes durante anos a fio e agora nos tratávamos feito dois conhecidos que se reencontram por acaso. Eu também não sabia bem o que dizer ou fazer. Estava muito sem jeito, com medo de falar algo que não devesse.

— Quer um refresco, Daniela? — perguntou minha mãe.

— Quero, obrigada — respondi, apenas para ter o que dizer.

Minha mãe saiu e nós ficamos ali parados, nos olhando pouco à vontade. Até que, inesperadamente, meu pai abriu os braços para mim, convidando-me ao abraço, e acabei indo ao seu encontro, deixando-me abraçar feito um autômato. Mas aquele abraço parecia tão sincero, tão amigo, tão acolhedor, que eu me enterneci e, emocionada, passei meus braços ao redor de seu corpo e comecei a chorar. Hoje, pensando naquele momento, vejo como foi lindo!

— Daniela, eu... — começou ele a gaguejar — ... gostaria que... que me perdoasse... Fui um tolo orgulhoso... não sabia ceder... não sabia ajudar...

— Papai! — exclamei em lágrimas. — Não diga isso. Eu é que fui orgulhosa e egoísta. Não soube reconhecer o seu amor.

— Não, não, minha filha. Eu, em minha arrogância, me aproveitei da minha superioridade de pai para subjugá-los, pois inconscientemente pensava que assim poderia vingar-me de todo o mal que vocês me haviam feito no passado. Fui injusto com vocês, não soube perdoar.

— Não diga isso, pai. Todos nós erramos...

— Mas eu fui pai. Assumi a responsabilidade de educá-los, de orientá-los e, acima de tudo, de amá-los. Sinto que falhei em minha missão.

— Todos nós falhamos, pai. Não foi culpa de ninguém. Fizemos o melhor que pudemos e amanhã poderemos fazer melhor.

— Será, minha filha?

— Tenho certeza.

Mamãe chegou, trazendo uma bandeja com os refrescos, e ficou emocionada ao nos ver ali abraçados. Passamos o dia todo conversando. Saímos, fomos passear, escutamos música. Durante todo o tempo em que estive ali, meu pai e eu não tivéramos uma única discussão. Eu sabia que ele estava se esforçando e notei que o seu esforço era sincero, e não uma mera tentativa de me aceitar só para satisfazer minha mãe ou enganar-se a si mesmo. Não. Ele realmente sentia as coisas da maneira como falava, e aquilo me deixou bastante emocionada. Fiquei admirada com a sua enorme força de vontade. Parecia possuído por um inabalável desejo de mudar. Fiquei sensibilizada. Meu pai fora um homem duro e difícil, era verdade, mas não menos verdade era que lutava consigo mesmo para vencer o orgulho e nos perdoar.

Ao final do dia, despedi-me e voltei para meu alojamento. Estava muito satisfeita comigo mesma. Minha mãe me acompanhou até a porta de meu quarto, quando então perguntei:

— Mamãe, e Daniel? Também já falou com papai?

— Há muito tempo. Com Daniel foi mais fácil, porque ele nunca teve a sua arrogância. No fundo, você e seu pai são muito parecidos. Ambos sempre foram independentes, orgulhosos, arrogantes. Por isso foi tão difícil a convivência entre vocês. Um era o espelho do outro e nenhum dos dois queria admitir ou ceder.

— É verdade. Mas hoje posso compreender isso e vou tentar me modificar.

— Sei que suas intenções são sinceras, assim como as de seu pai. E tenho certeza de que irão conseguir.

Beijamo-nos e nos separamos. Eu me sentia mais leve, parecia que havia tirado um enorme peso de cima de mim. Não tinha a ilusão de que, dali para a frente, minha convivência com papai seria um exemplo de amizade e carinho. Sabia que a vida espiritual favorecia os bons sentimentos, porque aqui estamos envoltos por uma aura de amor e paz. Mas sabia também que, uma vez de volta à carne, longe dos fluidos benéficos que imantam o mundo espiritual, todas as mágoas e os ressentimentos poderiam aflorar novamente, e teríamos que ser fortes e estar firmes no propósito de vencer. Pensando nisso, ajoelhei ao pé da cama e, pela janela, vi as estrelas que faiscavam no céu, sentindo ali a presença bondosa de Deus. E orei, pedindo a Ele que nos auxiliasse na luta de cada dia, mostrando-nos o verdadeiro caminho do bem.

CAPÍTULO DEZ

Depois desse dia, passei a visitar meu pai com mais frequência, e ele, às vezes, vinha me ver, sempre em companhia de mamãe. Conversávamos, ríamos, trocávamos experiências. Só não falávamos de Daniel. Daniel parecia um assunto proibido. Todo mundo evitava falar dele comigo. Eu entendia e não insistia. Sabia que me responderiam a tudo o que perguntasse, mas falar sobre meu irmão ainda não me fazia muito bem. Eu ainda estava muito ligada a ele para não me deixar envolver e, todas as vezes pronunciava seu nome, sentia vontade de chorar.

Uma vez, fui abordada por Alfredo quando me encontrava no jardim, lendo. Ele chegou sorridente e me cumprimentou:

— Bom dia, Daniela, tudo bem?

— Tudo ótimo. Sinto que a cada dia estou me fortalecendo mais.

— Fico feliz em ouvir isso. Mas agora vamos ao que interessa — eu pousei o livro sobre os joelhos e o encarei com uma interrogação no olhar. — Vim aqui perguntar-lhe se você não gostaria de fazer uma visita ao orbe.

— O quê? Visitar a Terra?

— Sim.

— Não sei, Alfredo. A quem iria visitar? Todos de quem gostava encontram-se hoje aqui.

— Será mesmo? E Marcelo?

— Marcelo... Puxa vida, há quanto tempo não tenho notícias dele. Foi um excelente amigo, e foi dele que me lembrei em meus últimos momentos nas trevas. Lembrei-me de seus conselhos e de suas explicações sobre o espiritismo, e foi isso que levou meu pensamento a encontrar Deus.

— Marcelo ainda é seu amigo e continua gostando muito de você. Ele sempre pensa em você com carinho e lhe envia as mais sinceras orações.

— É verdade. Tenho-as recebido aqui. Devo mesmo ser uma ingrata. Marcelo sempre pensando em mim, mesmo depois de todos esses anos, e eu aqui, sem nem me lembrar de que ele existe.

— Então? Não gostaria de ir vê-lo?

— Será que devo?

— Você é quem sabe. Mas é que ele sempre coloca seu nome na mesa de orações do centro que frequenta, e talvez seja bom para você ir receber essas preces pessoalmente.

Pensei durante alguns segundos e disse animada:

— Está certo, então. Quando iremos?

— Depois de amanhã será dia de sessão. Que tal?

— Tudo bem. Diga-me a hora, que eu estarei pronta à sua espera.

No dia combinado, Alfredo veio me buscar, junto com vários outros espíritos, para a sessão no centro de Alfredo.

— Quem são essas pessoas? — indaguei curiosa. — Pensei que fôssemos sozinhos.

— São espíritos que, assim como você, foram resgatados das trevas e estão sendo conduzidos ao centro para que possam ouvir e aprender.

Quando chegamos, a sessão estava para iniciar. Em silêncio, dirigimo-nos para o lugar que os encarregados espirituais daquela casa nos indicaram e sentamo-nos. A sessão correu normalmente e, na hora das incorporações, um dos mentores da casa me convidou para me manifestar. Assustei-me. Nunca havia feito aquilo e não sabia como era. O mentor me tranquilizou, prometendo-me ajuda. Olhei para Alfredo, ansiosa. Queria muito ir, e ele balançou a cabeça, sorrindo, dando-me seu consentimento. Um pouco temerosa, dirigi-me para o local onde se encontrava uma moça de seus trinta anos, médium da casa, e incorporei nela. Foi uma sensação indescritível! Senti como se estivesse viva, experimentando o contato com aquele corpo físico. A moça estremeceu ligeiramente, como se sentisse um calafrio. Ela (ou eu, não sei bem) abriu os olhos e eu ouvi nitidamente o chefe da mesa falar comigo:

— Seja bem-vinda, minha irmã, e que Deus a abençoe.

— Obrigada — respondi e assustei-me com o som de minha voz.

— Gostaria de nos deixar alguma mensagem?

— Sim, obrigada. Há muito tempo desencarnei, vítima de impensado suicídio, e penso que *expiei* as minhas faltas. Sofri muito no umbral, mas hoje já me considero mais refeita, pronta para novas experiências. Há aqui presente alguém de quem gosto muito e cujo nome não gostaria de revelar, a fim de não embaraçá-lo ou constrangê-lo. No entanto, em seu coração, ele saberá se reconhecer em minhas palavras, assim como saberá reconhecer-me em seu coração. Estou bem, reencontrei meus pais, mas não pude rever meu irmão. Sei que ele também está bem, porque assim me informaram meus amigos. Mas não vim aqui para isso. Vim para falar com esse amigo aqui da Terra, que nunca se esqueceu de mim e cujas orações sempre recebo com alegria. Que você possa, meu amigo, sentir-se sempre abraçado por mim, e tenha a certeza de que tudo aquilo que você tentou me ensinar sobre as verdades da alma não foi em vão. Não fossem seus ensinamentos, que muito me ajudaram a abrir os olhos, eu ainda hoje estaria nas trevas. Não chore por mim nem lamente a minha sina. Na verdade, eu só passei por aquilo que escolhi, e meu irmão também. Não fomos vítimas nem algozes, fomos apenas seres humanos tentando ser felizes. Tampouco pense que eu não soube reconhecer a sua amizade. Você foi, sem dúvida, o melhor e único amigo que qualquer pessoa jamais poderia desejar, porque sua amizade por mim era sincera e leal, e sei que em seu coração nunca houve, nem nunca haverá, espaço para ressentimentos ou ódio — a médium soluçou discretamente, e eu concluí emocionada: — Bem, agora preciso ir. Muito obrigada a todos pela oportunidade, e que Deus e Jesus estejam sempre presentes em suas orações, auxiliando-os nesse grandioso trabalho que é o de orientar e esclarecer as almas sofredoras desse mundo e do outro.

Eu saí. Estava chorando, e os espíritos que tomavam conta da sessão me ampararam, acariciando-me com amor. O mentor abraçou-me e conduziu-me para onde estava o meu grupo, e Alfredo me recebeu em seus braços.

— Sente-se bem? — perguntou.

Acenei com a cabeça e levantei os olhos, procurando Marcelo na sala semiescura. Ele estava chorando, não de tristeza, mas de emoção. Reconhecera-me e estava feliz com a minha presença, principalmente por saber-me bem e confortada. Alfredo acompanhou o meu olhar e depois, cutucando-me, apontou para um local na assistência, indicando-me uma mulher com duas crianças, de sete e nove anos, respectivamente. Eram sua esposa e suas filhas. Olhei para Alfredo emocionada e perguntei:

— Ele é feliz?

— Sim. Marcelo é uma alma boa e pura, muito afeiçoado a você. Depois que você desencarnou, ele sofreu muito, mas não há dor que o tempo e a fé não curem. Alguns anos depois, conheceu Liliana, com quem se casou e teve duas filhas, que são toda a sua alegria.

— Que ótimo. Fico muito feliz. Sei que fui injusta com ele, mas nunca pretendi magoá-lo.

— Ele sabe. Na verdade, Marcelo está muito acima dessas coisas e não se deixou vencer pelo desânimo. Sempre confiou em si mesmo e acreditou na infinita bondade de Deus.

Depois nos calamos e ficamos assistindo ao restante da reunião. Quando terminou, agradecemos aos espíritos encarregados daquela casa, que tão carinhosamente nos receberam, e partimos. O grupo seguiu em direção à colônia, mas eu pedira a Alfredo que me levasse até Ana Célia.

— Tem certeza de que é isso o que quer?

— Sim. Preciso vê-la, saber como está.

— Está bem. Se é o seu desejo...

Ele pegou a minha mão e me conduziu até a casa de Ana Célia. Ela também estava casada e tinha apenas um filho. Quando chegamos, estava dormindo, seu espírito flutuando apenas alguns centímetros acima do corpo. Nós nos aproximamos e Alfredo, cuidadosamente, chamou-a para junto de nós. Ao ver-me, ela ameaçou partir para cima de mim, mas a luz que emanava de Alfredo a conteve.

— Ana Célia — disse ele —, viemos em paz.

— O que ela quer aqui? Voltou do inferno para me atormentar, é?

— Não, Ana Célia, claro que não. Nem pense uma coisa dessas. Vim aqui apenas para conversar...

— Não tenho nada para falar com você. Vá-se embora daqui.

— Ana Célia — interveio Alfredo —, não seja tão dura. Não lhe queremos fazer mal.

— Você pode ser, visto que brilha até no escuro. Mas ela...

— Ela é apenas um espírito, como eu, como você. A única diferença entre nós é que você está encarnada, e nós não.

— A única diferença entre mim e ela é que eu sou uma moça honesta e decente, ao passo que ela não passa de uma vagabunda suja e ordinária. Você é minha inimiga, e não dou conversa para inimigos.

Meus olhos se encheram de lágrimas. Depois de tanto tempo, Ana Célia ainda me odiava com todas as forças de seu ser. Tentei ainda mais uma vez:

— Não fale assim. Não sou sua inimiga...

— Vai me dizer que é minha amiga? Há, há, há! Era só o que me faltava.

— Eu não disse isso. Mas estou tentando me reconciliar com você.

— Reconciliar-se? E quem disse que quero me reconciliar com você? Você foi uma prostituta nojenta e me roubou o que mais amei na vida, que foi Daniel. Por quê? Porque ele não queria mais você? Porque você não podia ver a nossa felicidade? Você ficou foi com inveja, isso sim.

— Não foi nada disso. Por que não me ouve?

— Porque não quero, não sou obrigada. Agora saia daqui! Está em minha casa, e eu não a convidei — virando-se para Alfredo, concluiu: — Por favor, senhor, vejo que é mais educado do que *essazinha* aí. Por isso é que lhe peço, com toda a educação: leve-a embora daqui. Não quero mais vê-la nem falar com ela. Vamos, desapareça!

Alfredo, penalizado, não teve outra alternativa. Era um espírito por demais iluminado para invadir a intimidade de alguém e sabia como ninguém respeitar seus semelhantes. Levantou-se, segurou a minha mão e disse:

— Venha, Daniela, não nos é direito impor nossa presença. Adeus, Ana Célia, e que Deus possa iluminar a sua mente, abrindo sua consciência para que você, um dia, possa ver com os olhos do seu coração.

Partimos. Eu estava arrasada. Não esperava por aquilo. Alfredo, porém, mais conhecedor da alma humana e de seus processos de amadurecimento, tranquilizou-me:

— Não se preocupe, Daniela. Ana Célia um dia também conseguirá compreender tudo o que se passou com ela. Por enquanto, porém, julga-se ainda vítima, e devemos respeitar o momento de cada um. Vamos agradecer a Deus as lições do dia e pedir a ele que ampare Ana Célia, ajudando-a a entender que ninguém é vítima, senão de si mesmo.

EPÍLOGO

Hoje, faz quase quarenta anos que me encontro no mundo espiritual. Desencarnei aos vinte e quatro e passei outros vinte e quatro nas trevas. Sei o quanto sofri no umbral, sei o quanto sofri na vida. O que mais sofri, não sei dizer. Sofri por Daniel e com Daniel. Mas hoje posso compreender a necessidade de todo esse sofrimento. Infelizmente, faço parte da imensa maioria que aprende a se transformar pela dor. Mas tudo bem. Valeu a pena, e como valeu! Hoje sei o quanto tirei de proveito de tudo isso e posso dizer que sou outra pessoa, bem diferente da que era. Estou muito mais amadurecida e confiante.

No entanto, é preciso continuar andando, e para a frente. Quero passar mais algum tempo aqui, não estou ainda pronta para voltar. Sei que o novo século oferece milhões de oportunidades, e vocês aí podem se considerar uns privilegiados por terem a oportunidade de participar de todas essas mudanças. Mas eu, com tudo isso, não posso voltar. Não quero. Devo ficar um pouco mais por aqui, me preparando para não cair novamente.

Ainda não me encontrei com Daniel e agora já começo a pensar nele de outra forma. Sinto saudades, sim, mas não é mais aquela saudade desesperada, que parece sufocar com a ausência. Não. É uma saudade mais madura, mais serena, mais esclarecida. Quando penso em Daniel, penso nele como um ser muito amado e querido, com quem gostaria de poder partilhar todas as minhas aventuras e desventuras, pelo só fato de podermos trocar. Não há nessa vontade nenhuma intenção escondida, nenhum artifício para estar perto dele. Apenas o desejo de reencontrar alguém que me é muito caro. Alfredo me diz que isso é normal e que eu estou a um passo de conseguir transformar esse sentimento em amor genuíno.

Contudo, tenho ainda receio de que, de volta à matéria, meu espírito apague essas lições e volte a se entregar àquela loucura. Sei que isso é possível, porque o véu do esquecimento nos coloca no mundo cobertos por uma capa, e podemos fingir e mentir para nós mesmos o tempo todo.

Quando voltar, quero ser mãe de Daniel. Embora tema enveredar novamente pela senda espinhosa do incesto, penso que o amor materno é o único capaz de transformar as pessoas. Aprendi isso com minha mãe. Pude observar o quanto ela nos ama, mesmo aqui, no plano espiritual, onde os laços de sangue se rompem. Mas aprendi que a maternidade, a despeito do rompimento desses laços, constrói algo que é inabalável e indestrutível, que é o amor universal. Quando a mãe recebe seu filho, sabe que o amará para sempre, não importa o que ele faça, não importa em quem se transforme. O amor materno é incondicional e por isso é tão sublime.

Apesar do medo que sinto, estou me preparando para ser mãe de Daniel. Há muitas vidas não experimento esse sentimento, que será algo novo para mim. Na maternidade, poderei exercitar todo o meu amor e aprender com ele. Aprender a ser mais humana, mais fiel, mais verdadeira. Principalmente comigo mesma.

Bom, é isso aí. Já dei o meu recado e estou muito grata por isso. Agradeço a você, Leonel, a quem fui apresentada aqui na vida espiritual tão logo me prontifiquei a passar as minhas experiências. Você foi incansável, me orientando e auxiliando nessa nova e difícil tarefa que é a psicografia. Sim, porque não é apenas o médium que sente dúvidas e medos. Em muitos momentos, eu também fiquei insegura e tive medo de não ser bem compreendida e de acabar sendo julgada e rejeitada. Mas o resultado foi excelente. Tivemos ótimas oportunidades de aprendizado, Leonel, a médium e eu.

Espero que o meu relato sirva para auxiliar outros em situação semelhante à minha. Espero que possam compreender que nem tudo está perdido, porque sempre existirá algo a que poderemos nos agarrar e que é indestrutível, que é a fé.

Agradeço à médium que me recebeu e que, a despeito de suas dificuldades e inseguranças, soube confiar e persistir.

Agradeço, enfim, a Deus, esse inigualável criador do universo, sem o qual eu nem sequer saberia que também sou parte dessa perfeita e maravilhosa força que é a vida.

Daniela.

FIM

Editora Vida & Consciência

ALCANCE A VERDADEIRA LIBERDADE DE SER

Os livros da Editora Vida & Consciência trazem mensagens inspiradoras, que revelam os sentimentos humanos mais profundos e mostram que a felicidade é uma conquista que compete a cada um de nós.

O encontro inesperado
Zibia Gasparetto

Apesar de tudo...
Mônica de Castro

O que importa é o amor
Marcelo Cezar

O bispo
Ana Cristina Vargas

Zibia Gasparetto

pelo espírito Lucius

A verdade de cada um
A vida sabe o que faz
Entre o amor e a guerra
Esmeralda - *nova edição*
Espinhos do tempo
Laços eternos
Nada é por acaso
Ninguém é de ninguém
O advogado de Deus
O amanhã a Deus pertence
O amor venceu
O encontro inesperado
O fio do destino
O matuto
O morro das ilusões
Onde está Teresa?
Pelas portas do coração - *nova edição*
Quando a vida escolhe
Quando chega a hora
Quando é preciso voltar
Se abrindo pra vida
Sem medo de viver
Só o amor consegue
Somos todos inocentes
Tudo tem seu preço
Tudo valeu a pena
Um amor de verdade
Vencendo o passado

Mônica de Castro

pelo espírito Leonel

A atriz - *edição revista e atualizada*

Apesar de tudo...

Até que a vida os separe

Com o amor não se brinca

De frente com a verdade

De todo o meu ser

Gêmeas

Giselle – A amante do Inquisidor - *nova edição*

Greta

Jurema das matas

Lembranças que o vento traz

O preço de ser diferente

Segredos da alma

Sentindo na própria pele

Só por amor

Uma história de ontem - *nova edição*

Virando o jogo

Marcelo Cezar

pelo espírito Marco Aurélio

A última chance
A vida sempre vence - *nova edição*
Ela só queria casar...
Medo de amar - *nova edição*
Nada é como parece
Nunca estamos sós
O amor é para os fortes
O preço da paz
O próximo passo
O que importa é o amor
Para sempre comigo
Só Deus sabe
Um sopro de ternura - *edição revista e atualizada*
Você faz o amanhã

Ana Cristina Vargas

pelos espíritos Layla e José Antônio

A morte é uma farsa
Em busca de uma nova vida
Em tempos de liberdade
Encontrando a paz
Intensa como o mar
O bispo – *nova edição*

VIDA & CONSCIÊNCIA
GRÁFICA

Rua Agostinho Gomes, 2.312 – SP
55 11 3577-3200

grafica@vidaeconsciencia.com.br
www.vidaeconsciencia.com.br